Shan Sa
Bitterer Tee

SERIE PIPER

Zu diesem Buch

Sterben und wiedergeboren werden, sich lieben und wieder verlieren – in China ist es die Trauerweide, die den Menschen an Vergängliches und Neuerstandenes gemahnt. Und wenn der Zweig einer Weide zu einer Frau wird, deren Bestimmung die Liebe ist, wird sie sie suchen – ist sie zu einer nie endenden Reise von Jahrhundert zu Jahrhundert verdammt. Von der staubbedeckten Metropole Peking zum ewigen Schweigen der Verbotenen Stadt, von der Ära der in Seide gehüllten Kurtisanen zur Kulturrevolution. Unüberwindlich scheinen die trennenden Kräfte, das Schicksal eines uralten Volkes – das dennoch das fast vergessene Geheimnis der Liebe bewahrt. »Das Buch liest sich wie ein Märchen, doch der Roman ist mehr als das, er ist eine Zeitreise durch die Geschichte Chinas.« (Radio Essen)

Shan Sa, geboren 1972 in Peking, veröffentlichte mit acht Jahren ihren ersten Gedichtband und wurde zum »Aufsteigenden Stern Pekings« gekürt. Nach dem Massaker auf dem Tiananmen-Platz 1989 emigrierte sie nach Paris, wo sie sich mit der Tochter des Malers Balthus anfreundete und in dessen Haus kalligraphierte. Mit ihren beiden Welterfolgen »Die Go-Spielerin«, wofür sie den Prix Goncourt des Lycéens erhielt, und »Kaiserin« demonstrierte sie eindrucksvoll ihre erzählerische Reife. Zuletzt erschien von ihr auf deutsch »Himmelstänzerin«.

Shan Sa
Bitterer Tee

Roman

Aus dem Französischen von
Elsbeth Ranke

Piper München Zürich

Von Shan Sa liegen in der Serie Piper vor:
Die Go-Spielerin (4033)
Kaiserin (4700)
Bitterer Tee (4873)
Himmelstänzerin (Piper Original 7127)

FSC

Dieses Taschenbuch wurde auf FSC-zertifiziertem Papier gedruckt. FSC (Forest Stewardship Council) ist eine nichtstaatliche, gemeinnützige Organisation, die sich für eine ökologische und sozialverantwortliche Nutzung der Wälder unserer Erde einsetzt (vgl. Logo auf der Umschlagrückseite).

Ungekürzte Taschenbuchausgabe
Februar 2007

Titel der französischen Originalausgabe:
»Les quatre vies du saule«

Umschlag/Bildredaktion: Büro Hamburg
Heike Dehning, Charlotte Wippermann,
Alke Bücking, Daniel Barthmann
Foto Umschlagvorderseite: 2000 Pepin van Roojen (oben) und
Simon Taplin/Corbis (unten)
Satz: Satz für Satz. Barbara Reischmann, Leutkirch
Papier: Munken Print von Arctic Paper Munkedals AB, Schweden
Druck und Bindung: Clausen & Bosse, Leck
Printed in Germany ISBN 978-3-492-24873-0

www.piper.de

柳

一

Im Jahr 1430 erreichte das Schiff eines reichen Tuchhändlers das Delta des Dongting-Sees und ging gegenüber dem Mondpavillon vor Anker. Während der Besitzer an Bord die Kaufleute empfing, setzte Chong Yang, sein einziger Sohn, in Begleitung des Hauslehrers und zweier Diener in einer Barke zur Stadt Yue Yang über.

Der Knabe war erst sechs Jahr alt. Er kannte bereits mehrere hundert alte Verszeilen auswendig und kam, um an den Orten zu meditieren, an denen einst die Dichter weilten.

In den Straßen drehten sich viele Passanten nach der Schönheit seines Gesichtes um, nach dem Funkeln seines Gewandes. Mit der Sicherheit eines Erwachsenen ging der Knabe unter den verwunderten Blicken seines Weges.

Am Fuß des Mondpavillons hielt ihn ein zerlumpter, altersloser Taoistenmönch auf. Chong Yang ordnete an, ihm ein Almosen zu geben. Der Alte weissagte ihm unerhörte Begegnungen, Berühmtheit, unermeßlichen Reichtum. »Aber«, fügte er hinzu, »all das ist nur Traum und Staub.« Ohne das Geld anzunehmen, das man ihm entbot, seufzte er auf und wandte sich kopfschüttelnd zum See hin. Bald schon verschmolz das Grau seines Kleides mit dem Glitzern des Wassers, dann verschwand er, als hätten die Fluten ihn verschluckt.

Am nächsten Tag lud ein Würdenträger Vater und Sohn zum Mittagsmahl. Um dem Kind ein Geschenk zu machen, ließ er auf samtbezogenen Tabletts Goldbarren vor seinen Augen vorbeitragen, wertvolle Manuskripte, Musikinstrumente, mechanisches Spielzeug von jenseits der Meere. Chong Yang klammerte sich an seinen Stuhl, hielt den Kopf gesenkt, weigerte sich, ein Geschenk auszusuchen. Man nötigte ihn. Es herrschte peinliches Schweigen. Der Vater zwang sich zu einem Lächeln und scherzte über die Schüchternheit seines Sohnes. Aber in leisem Ton tadelte er ihn und erklärte, wie ungehörig sein Verhalten war. Chong Yangs Wangen färbten sich purpurrot; mit erstickter Stimme erklärte er, ihm sei alles gleichgültig. Der Würdenträger nahm die Antwort des Knaben als Beleidigung auf und wurde zornig. Chong Yangs Vater erging sich in zahllosen Entschuldigungen. Rundum wurde geflüstert.

Mit gesenktem Blick erhob sich der Knabe und verließ den Raum. Man folgte ihm. Er trat an einen Teich, wo eine Trauerweide mit ihrem herrlichen Blattwerk die Wasseroberfläche liebkoste. Er stellte sich auf die Zehenspitzen, schnitt zwei lange Ruten ab und drückte sie mit beiden Armen an sich.

»Dies ist mein Geschenk«, flüsterte er. Verunsichert von dem Gelächter machte er sich davon.

Vater und Sohn kehrten auf dem Blauen Fluß in die Heimat zurück. Chong Yang konnte die Augen nicht von den beiden Weidenruten abwenden. In ihrer Porzellanvase folgten sie schaukelnd der Bewegung der Wellen. Kaum zu Hause, pflanzte er sie unversehens unter sein Fenster. Sein Verhalten belustigte das ganze Haus. Man sagte ihm, sie würden nicht überleben. Der Knabe schien nichts davon zu hören. Er goß sie Tag für Tag, schenkte ihnen Bewunderung und Hingabe. Die beiden Ruten schlugen Wurzeln, neue Blätter keimten. Innerhalb weniger Jahre wuchsen sie zu ansehnlicher Größe heran und reichten mit ihrem dichten Schopf bis an den Boden.

Ein Sturm brachte die Schiffe, die mit den Handelswaren von Chong Yangs Vater beladen waren, auf dem Blauen Fluß zum Kentern. Dann ließ ein kalter, regenreicher Sommer die Preise des Leintuchs sinken, in das der Händler investiert hatte. Die Familie war ruiniert. Um den Gläubigern zu entfliehen, ließ sie sich in einer entlegenen Provinz nieder. Der Knabe, inzwischen zwölf Jahre alt, wurde von seinen Weiden getrennt. Er weinte.

Er war achtzehn, als seine Eltern starben. Chong Yang führte ein einsames Leben an der Flanke eines rauhen Gebirges. Abends bereitete er sich auf die kaiserliche Prüfung vor, seine einzige Hoffnung, dem Elend zu entkommen. Tags stellte er sich in einem kleinen Dorf als Schreiber zur Verfügung, unterrichtete die Kinder und verdiente so ein wenig Geld.

Eines Tages stieg er nach getaner Arbeit hinauf nach Hause. Der Frühling neigte sich seinem Ende zu, die welken Blumen bedeckten den bleichen Pfad, der sich im Zickzack im Bambuswald verlor. Der Sonnenuntergang tanzte durch die Luft wie goldene Schmetterlinge. Der Gesang der Vögel verschmolz mit dem Gurgeln der Wasserfälle. Ergriffen von der Landschaft beklagte Chong Yang die Flüchtigkeit der Schönheit und die Unbeständigkeit der Welt. Er seufzte und improvisierte ein Gedicht:

»Ich besteige den einsamen Pfad
Die letzten Strahlen der Dämmerung fliehen gen
  Westen
Mit ihnen das Purpurrot der Welt
Die Vögel singen zu zweien im schattigen Laub
Ihr Frohsinn sticht in mein verwaistes Herz.«

Hufklappern riß Chong Yang aus seiner Träumerei. Er wandte sich um. Ein Jüngling in grünem Gewand sprang von seinem persischen Roß und grüßte ihn voller Ehrerbietung.

»Ich heiße Qing Yi«, sagte er. »Ich komme aus der Provinz Zhejiang. Als ich eben unten in das Dorf gelangte, sagte man mir, ein Landsmann wohne an der Flanke dieses Berges. So habe ich mich auf die Suche gemacht. Die Sorge, ich könnte ihn nicht treffen, bedrückte mich. Ich dachte an das Gedicht des Jia Dao* – ›Er wandelt auf diesem Berge, inmitten der dichten Wolken, niemand kann ihn finden‹ – und da seid Ihr!«

Der weiche Akzent der Provinz Zhejiang ließ Chong Yang erbeben. Er beeilte sich zu antworten: »Ich wurde mit zwölf Jahren entwurzelt, nie konnte ich den Boden der Heimat wiedersehen. Wenn Ihr in meine bescheidene Bleibe zu kommen geruht, so wäre ich glücklich, Euch grünen Tee anzubieten und die Neuigkeiten aus meinem Land zu hören.«

Der Fremde nahm die Einladung freudig an. Er führte sein Pferd am Zügel und schritt hinter Chong Yang. Nach einem langen Aufstieg, der dem Lauf eines Bachs folgte, erreichten sie eine strohgedeckte Hütte. Chong Yang trat ein, entzündete den Ofen und brachte Wasser zum Kochen. Er bot seinem Gast grünen Tee in einer Schale aus Jingde-Porzellan*, so fein, daß man fast hindurchsehen konnte: einer der wenigen Gegenstände, die den Niedergang der Familie überstanden hatten.

Seinen eigenen Tee goß sich Chong Yang in eine Tonschale, er erinnerte sich an die Provinz Zhejiang und ihre berühmten Landschaften. Er sprach von den lärmenden Straßen, in denen die Verkäufer von Nudelsuppe, die Scherenschleifer, die Barbiere und die Glaser unter dem betörenden Duft der Jasminblüten wie Schlafwandler umherliefen.

Seine Augen verloren sich in der Ferne. Die Familie besaß mehrere Kutschen. Seine war die schönste, sie fuhr stolz einher, als beförderte sie einen Achtzigjährigen. Im Frühjahr bestieg man in den Vollmondnächten ein großes, bemaltes Schiff und dinierte auf dem Westsee. Ausgesuchte Speisen und exotische Früchte häuften sich auf Tellern aus Jade. Am Bug blies ein Flötenspieler in sein Instrument. Die Azaleen loderten am Ufer, schweigend, und die Spiegelung des Mondes, die unter den Rudern zerbarst, zog sich über das schwarze Wasser wie eine silbrige Schlange.

Chong Yang wischte unauffällig seine Tränen fort und fragte, ob der Fremde sein einstiges Haus kenne, das in der Hauptallee der Stadt lag.

»Natürlich«, antwortete er. »Es ist allmählich verfallen, und niemand wollte es kaufen. Nur zwei Trauerweiden mit buschigem Blattwerk zeugen von dem einstigen Reichtum.«

»Die Weiden!« entfuhr es Chong Yang, der sie längst vergessen hatte. »Ah, die Launen meiner Kindheit!«

Tief berührt stand er auf und holte eine Flasche Reiswein, um mit seinem Gast anzustoßen.

Die Unterhaltung wurde so rege, daß die Zeit stehenblieb. Die Schatten der Bambusstauden krochen unter dem Mondschein langsam über die Mauern, über die Risse darin hinweg. Chong Yang lud seinen Gast ein, die Nacht vor Ort zu verbringen, und Qing Yi blieb zwei Tage lang.

Am dritten Morgen erklärte er seinem Gastgeber:

»Ich breche auf. Haltet mich nicht zurück. Ich komme wieder!«

Er sprang auf sein Pferd und verschwand im Wald.

Ungeduldig erwartete Chong Yang seine Rückkehr. Endlich hatte er einen Freund gefunden, mit dem er über Kunst, über Philosophie, über Literatur diskutieren konnte. Doch Qing Yi ließ auf sich warten, und Chong Yang verlor die Hoffnung. Drei Monate später hatte er gerade Wasser aufgesetzt, um Tee zu kochen, als jemand lachend die Tür aufdrückte:

»Ich habe Durst! Gebt mir eine Schale grünen Tee.«

Qing Yi setzte sich an den Tisch und sprach mit Chong Yang, als hätte er ihn tags zuvor verlassen. Mit dem staubigen Gesicht, dem vom Morast befleckten Saum seines Kleides, schien er ein Land durchquert zu haben, in dem der Fluß das Land vor Schmerz verzerrt.

Drei Tage später ließ er ihn wieder allein, kam wieder, um aufs neue genauso unvorhersehbar wieder aufzubrechen. Seine Besuche wurden häufiger. Chong Yang erhielt Nachrichten von der Außenwelt und konnte seine Einsamkeit so besser ertragen.

Der Blick von Qing Yi war so durchdringend wie der eines Erwachsenen, zuweilen aber verhangen von einer seltsamen Melancholie. Chong Yang meinte, der junge Mann sehne sich nach gesellschaftlicher Anerkennung. Um ihm eine Gelegenheit zur Revanche zu verschaffen, ermutigte er ihn, die kaiserliche Prüfung abzulegen. Aber Qing Yi gab zurück: »Es gibt zwei verschiedene Lebensweisen auf der Erde: Die eine gleicht dem Fluß in seinem Lauf zum Meer, die andere der umherziehenden Wolke, die keine Richtung kennt. Erzählt mir nichts mehr von Karriere oder von gesellschaftlicher Anerkennung. Diese Joche sind mir unerträglich.«

Dann machte er sich lustig: »Mein Glück heißt Müßiggang:

›Was in den Bergen liegt?
Jenseits der Pässe von weißen Wolken …
Ich kann mich daran nur einsam laben
Und weiß nicht, davon zu berichten.‹«*

Eines Abends spielte Chong Yang im Schatten des Bambus auf der Zither. Als er geendet hatte, fragte ihn Qing Yi, ob diese Melodie voller Trauer und Sehnsucht sich nicht auf das Gedicht des Zhang Hua* bezog: »Die Schöne mag nicht erscheinen. Wem soll ich diese klare Quelle schenken und dieses grüne Ufer, besetzt mit wilden Orchideen?«

Als der Jüngling seinen Freund erröten sah, lächelte er: »In Eurem Alter wäre es doch normal, an die Heirat zu denken, eine Frau zu haben, die sich um das Heim kümmert.«

»Ich bin ein armer Literat«, antwortete Chong Yang. »Mein Haus ist so leer, daß der Wind ungehindert hindurchblasen kann. Ich besitze nichts außer meinem Wissen. Was kann ich einer Frau anbieten? Wer würde geruhen, meine Hütte und ihre nackten Wänden zu teilen und meine armseligen Mahlzeiten?«

»Ich habe Eure Gedichte meiner Zwillingsschwester gezeigt. Sie ist von Eurem Talent angetan. Ich werde mit ihr sprechen, vielleicht …«

»Ich danke Euch. Aber meine elende Situation erlaubt es mir nicht, Euren Vorschlag anzunehmen.«

»Sie ist nicht häßlich. Und Ihr werdet sehen, daß ihr Geist wendiger und ihr Wesen schwungvoller ist als unsere beiden gemeinsam.«

Ohne sich länger aufzuhalten, brach Qing Yi auf.

Drei Tage später saß Chong Yang im Schein einer Kerze über ein Buch gebeugt, als der ferne Klang von Flöten, einer Pipa, einer Laute, vermischt mit dem Hufgeklapper von Pferden, an sein Ohr drang. Er legte das Buch nieder und trat nach draußen.

Schwarze Schatten und rötliches Leuchten stieg vom Tal herauf. Momente später erschien der Jüngling, reich gekleidet und zu Pferde sitzend, am Ende des Pfades, gefolgt von jungen Mädchen in Zofenkleidung, die karmesinrote Laternen hielten. Dann kamen vier Riesen, die auf den Schultern eine mit Seide umhüllte Sänfte trugen. Ein Zug von Musikanten schloß die Prozession ab, sie spielten fröhliche Weisen.

Qing Yi sprang vom Pferd und grüßte Chong Yang: »Euer Glück brennt mir auf der Seele, so sehe ich mich gezwungen, Euch meine Schwester herzuführen, ohne Euch vorher benachrichtigt zu haben.«

Chong Yang war so überrascht, daß er vergaß, ihm den Gruß zu erwidern. Auf ein Zeichen des Jünglings hin wurde die Sänfte abgestellt. Die Zofen öffneten die Tür.

Köstlicher Duft drang Chong Yang in die Nase.

Ein junges Mädchen in smaragdgrünem Gewand vollführte eine tiefe Verneigung. Ihr Gesicht war rund, die Haut hell, beinahe durchsichtig. Sie hatte große, schrägstehende Augen, die sie gesenkt hielt. Ihre gewellten Haare fielen ihr in den Rücken wie das buschige Blattwerk einer Weide von schwarzem Widerschein.

Chong Yang war unfähig zu der geringsten Bewegung, zu einem einzigen Wort. Qing Yi klatschte dreimal in die Hände. Es erschien ein Dutzend Diener. Sie wollten eben die schweren Truhen im Haus absetzen, die sie auf dem Rücken trugen, als eine junge, aber entschiedene Stimme ertönte: »Mein Bruder, ich habe Euch bereits gesagt, daß eine Frau das Leben ihres Gatten zu teilen hat. Wäre er ein Bettler, so bettelte auch sie. Nehmt alles das fort. Ich arbeite lieber mit meinen eigenen Händen.«

»So errege dich doch nicht«, antwortete ihr Qing Yi verlegen. Es war offensichtlich, daß er es gewohnt war, sich dem Willen seiner Schwester zu beugen. »Entschuldige, ich habe wieder einmal deine Prinzipien vergessen. Aber ich bitte dich, nimm diesen Tisch von weißem Marmor an.«

Auf sein Zeichen hin stellten die Träger einen Tisch und drei Hocker unter eine Bambusstaude und zogen sich zurück. An Chong Yang gewandt, raunte ihm der Jüngling zu: »Ihr seht, es ist meine Schwester, die von uns beiden das Sagen hat! Jetzt ist es an Euch, sie zu zähmen ...«

Laut lachend stieg er in den Sattel.

»Ich verabschiede mich. Auf ein andermal!«

Die Zofen folgten ihrem Herrn. Die Musik entfernte sich, und die Laternen tanzten durch den Bambuswald wie Glühwürmchen. Dann stellten sich Schweigen und Dunkelheit ein.

Chong Yang hätte gemeint zu träumen, hätte er nicht Lü Yi auf der Schwelle vorgefunden.

Am nächsten Tag stand die junge Frau im Morgengrauen auf. Sie putzte das Haus und bereitete die Mahlzeit. Sie sprach wenig, aber die Jaderinge an ihrem Seidengürtel klirrten bei jedem ihrer Schritte wie sanfte Worte. Ihre Kleider aus schön besticktem Stoff standen im Gegensatz zu der Nüchternheit des Raums. Ihre ungeschickten Bewegungen zeigten, daß sie ihr Leben lang bedient worden war. Als Chong Yang ihr zu helfen suchte, schien sie zornig zu werden und wies ihn zurück.

Er war geblendet von diesem unerwarteten Glück. Die Ankunft von Lü Yi war für ihn ein Tropfen Honig in einem Leben, das bisher nach bitterem Tee geschmeckt hatte. Sie erhellte seine Tage. Sie war ein Schmetterling, der sich auf dem vergilbten Papier seines Buches niederließ.

Fortan quoll aus jedem Augenblick ruhige Freude. Der Herbst gelangte in das Gebirge. Die Bambusstauden, die vom schönen Wetter ausgetrocknet waren, verloren zum Teil ihre Blätter. An der Stelle, wo die Sonne noch weilte, starb das Moos ab, die Bäche senkten ihre Stimme, die Felsen nahmen einen rosigen Farbton an.

Die Alten hatten recht: Elend, Not, Einsamkeit waren die Prüfungen derer, denen ein großes Schicksal versprochen war. Beglückt über Lü Yi, sein Geschenk, seinen Lohn der Götter, war Chong Yang überzeugt, daß er der Armut bald entkommen würde, daß seine Klugheit ihm erlauben würde, Karriere zu machen.

Nach seinem Unterricht stieg Chong Yang den schattigen Weg empor. Er war so fröhlich, daß er an sein Glück nicht glauben konnte. In plötzlicher Sorge beschleunigte er den Schritt und betrat den Hof. Mit den Augen suchte er Lü Yi. Er erblickte sie über einer Näharbeit. Gerührt wischte er ein paar Tropfen fort, die auf seinen Wangen standen. Er hatte Angst, sie könnte verschwinden, wie sie gekommen war!

Einmal fand er das Haus leer vor. Er stürzte nach draußen. Die untergehende Sonne machte ihn blind, der Bambus trauerte im Wind, und die Wolken waren dabei, gleich verlorenen Booten am Horizont unterzugehen.

Wie sollte er ohne sie leben?

Qing Yi kam wieder, um seine Schwester zu besuchen. Jedesmal neckte er sie. Sie wurde böse, und er erging sich in Entschuldigungen. Chong Yang begriff, daß diese Streitereien ihnen Vergnügen machten. In der Gegenwart ihres Bruders war Lü Yi weniger zurückhaltend, und diese Veränderung machte Chong Yang zu schaffen. Am Abend aßen alle drei um den Tisch aus weißem Marmor. Sie tranken von dem Wein, den Qing Yi aus ihrer Heimat mitbrachte. Lü Yi spielte auf der Zither, zur Begleitung ihres Bruders, der ein improvisiertes Gedicht sang. Chong Yang erkannte sie nicht wieder. Ihre Wangen wurden purpurrot, ihre Augen glänzten, ihr klangvolles Lachen wurde zu dem von Qing Yi. Einmal beschloß sie, einen Ausflug zu machen. Qing Yi, der jeder ihrer Launen nachgab, ließ sie auf sein Pferd steigen und setzte sich hinter sie, um die Zügel zu halten. Chong Yang sah, wie sie sich im Bambuswald entfernten, eine einzige doppelte Gestalt.

Der Mond stand in voller Rundung, der Himmel war ohne Wolken. Es schien ihm, als kehrten sie heim in ihre Welt. Verzweifelt weinte Chong Yang auf der Schwelle seiner Hütte.

Eines Tages fragte der junge Mann Qing Yi nach seiner Herkunft. Der Jüngling wich in einem Lächeln aus. Seither bestürmte Chong Yang eine Fülle von Fragen. Von welchem Stand waren die Zwillinge? Ihre Kleidung, ihre Umgangsformen, ihre Bildung legten eine hohe

Geburt nahe. Aber zu welcher Familie von Zhejiang gehörten sie? Welches Amt bekleidete ihr Vater? Wer waren ihre Vorfahren? Qing Yi schien ein wohlhabendes Leben zu führen. Wie verdiente er sein Geld? Was tat er im Leben?

Von Zeit zu Zeit zeichnete Lü Yi auf das Drängen von Chong Yang mit unsicherer Stimme, beinahe flüsternd, ein verschwommenes Bild von ihrer Kindheit, und sie blieb geheimnisvoller als eine Landschaft, die unter dem Nebel verborgen liegt. Der junge Mann blieb hartnäckig. Sie senkte den Blick und verharrte im Schweigen. Warum tat sie das? Lü Yi sollte ihm vertrauen und die Wahrheit sagen. Er war bereit, die Tragödie mit zu tragen, an der sie insgeheim litt. Entstammte sie einer ruinierten oder entehrten Familie von Höflingen? Wo lebten ihre Eltern? Waren sie verbannt, verurteilt worden? Warum verhüllten, wenn der junge Mann ihr mühsam eine Antwort zu entreißen versuchte, einen Hinweis, Tränen die Augen von Lü Yi, die stumm blieb, verstört?

Warum kam sie, um das Leben eines armen Literaten zu teilen?

Liebte sie ihn? Wer war er für sie, eine Zuflucht, ein Trost, eine Hoffnung?

Verzweifelt beschloß er, daß sie ihm immer ein Rätsel bleiben würde, eine Frau, die so weit über ihm stand, daß er sie niemals würde verstehen können. Er schämte sich seiner Hilflosigkeit. Er ging auf Abstand zu ihr und versenkte sich in seine Studien. Aber Lü Yi, die seinen Ehrgeiz nicht begriff, versuchte, ihn von der Illusion des Ruhmes abzubringen und ihn zu überzeugen, sich mit einem einfachen Leben zu begnügen. Er brauste auf. Sie blickte ihn traurig an, als sähe sie in seinem Zorn ein düsteres Vorzeichen.

Tags darauf machte sie sich daran, aus Bambusspänen Körbe zu flechten. Sie verkaufte sie an die Bewohner der Dörfer und forderte Chong Yang auf, seinen Unterricht aufzugeben, um sich seinen Studien zu widmen. Sie wurde schweigsam.

»Sag mir die Wahrheit: Warum hängst du so an der Armut? Warum opferst du dich für mich auf?« fragte Chong Yang sie eines Tages.

Lü Yi biß sich auf die Lippen und gab keine Antwort. Angesichts dieses Schweigens überkam Chong Yang große Traurigkeit, und er verließ das Haus, schlug die Tür hinter sich zu und ging seufzend in den Wald.

Er kam nach Hause, als das Feuer der Dämmerung am Horizont erlosch. Die Nacht brach herein. Durch die halboffene Tür sah er Lü Yi vor dem Ofen. Aus dem gußeisernen Kessel drang dichter Dampf und köstlicher Duft nach Reis. Lü Yi saß auf einem Schemel und flocht ihre Körbe. Obwohl das Feuer auf sie schien, wirkte sie düster, melancholisch. Ihre langen Haare fielen bis auf die Erde herab. Sie hob sie auf, wand sie zu einem Knoten, den sie mit einem Bambusspan aufsteckte, dann wandte sie sich wieder ihrer Arbeit zu. Doch sie war nicht bei der Sache. Plötzlich erzitterte ihr Arm. Ein Span hatte ihr den Finger zerschnitten.

Im Jahr 1444 bestand Chong Yang die beiden Examina in seinem Kreis, so daß er zur Regionalprüfung antreten durfte. Er verließ Lü Yi und das Gebirge, wanderte bis in die Provinzhauptstadt. Die Akademie der Opfergabe, abgeschottet hinter ihrer befestigten Mauer, lag abgelegen im Südwesten der Stadt. Ein hoher Wachturm erhob sich aus ihrer Mitte. An die hundert Holzkabinen waren aufgereiht, und die Literaten, die am Haupteingang durchsucht wurden, mußten sich darin einpferchen. Bald schon verkündete der Gong, daß das Tor der Akademie geschlossen wurde. Die Kabine von Chong Yang war zwei Meter hoch, einen Meter breit und eineinhalb Meter tief. Jetzt im Monat des achten Mondes versengte die Sonne ihr schmales, ziegelgedecktes Dach und verwandelte sie in einen Backofen. Vergeblich schwenkte Chong Yang den Bambusfächer, den Lü Yi ihm mitgegeben hatte. Er unterbrach sich oft, um sich den Schweiß abzuwischen. Jede der drei Aufgaben in der Regionalprüfung erforderte drei Tage und zwei Nächte der Isolierung. Abends streckte Chong Yang sich auf seinem Examenspult aus. Das Summen der Mücken und die schwüle Hitze raubten ihm den Schlaf. Allein die Matte, auf der er lag – Lü Yi hatte sie ihm geflochten –, verschaffte ihm ein wenig Abkühlung und Erholung. Sie war glatt wie die Haut einer Frau.

Am zweiten Tag der zweiten Prüfung brach ein Gewitter aus. Der Regen sickerte durch Dach und Fenster in die Kabine. Die Tür schlackerte im Wind. Um das Reispapier zu schützen, auf dem er seinen Aufsatz verfaßt hatte, zog Chong Yang sich aus und bedeckte es mit seinem Gewand. Plötzlich wurden Rufe laut. Man hörte, wie die Wächter und die Prüfer sich gegenseitig beschimpften. Die überfluteten Latrinen erbrachen ihre Jauche.

Am Abend hatte der Regen nachgelassen. Chong Yang schlotterte auf seinem durchnäßten Lager, erschöpft, niedergeschlagen. Er dachte an das Herdfeuer und an Lü Yi, die im Schein der Flammen arbeitete. Er sah ihr Gesicht und ihre Augen unter ihren schweren Wimpern glitzern. Er erkannte ihre schwieligen Hände, ihre aufgesprungenen Finger. Chong Yangs Herz zog sich zusammen. Wieder spürte er in sich den verzweifelten Mut, die Prüfung zu bestehen.

Das Ergebnis wurde im neunten Mond bekanntgegeben, als der Zimtbaum blühte. Chong Yang hatte als Fünftbester abgeschnitten und erhielt die Silberbarren, das Geschenk der örtlichen Würdenträger an die Sieger, die zu Mandarinen des Staates ernannt wurden. Der junge Mann gab dieses ganze Vermögen aus, indem er für Lü Yi zwei Rollen der allerbesten Seide kaufte und ein Paar korallene Ohrringe. Es war so lange her, daß sie etwas anderes getragen hatte als Baumwollkleider.

Doch bei seiner Heimkehr färbte Lü Yi trotz seiner Proteste den Seidenstoff dunkelblau und schneiderte ihm zwei neue Gewänder. Dazu nähte sie ihm zwei Paar Schuhe.

Zum Ende des Herbstes brach Chong Yang wieder zum kaiserlichen Examen auf. Lü Yi begleitete ihn bis an den Fuß des Berges.

»In sechs Monaten komme ich wieder«, sagte ihr Chong Yang, wobei er seine Tränen fortwischte. »Ich muß es schaffen. Diese mühseligen Arbeiten bleiben dir dann erspart, und wir können endlich ein angenehmes Leben führen.«

Lü Yi blickte zu Boden. Nach langem Schweigen sagte sie: »Ich habe Euch nur einen einzigen Rat zu geben. Ihr seid im Überfluß geboren und habt ihn verloren. Vergeßt nicht, daß dieses Leben vergänglich ist. Wir wissen nicht, ob wir uns im nächsten wiedersehen können. Weder Reichtum noch Armut dürfen sich unserem Glück in den Weg stellen.«

»Sollte mir unterwegs ein Unglück zustoßen …«

Chong Yang unterbrach sich. Er blickte um sich und sah am Wegesrand eine alte Trauerweide. Er zog

Lü Yi vor den Baum und hieß sie niederzuknien wie er selbst.

»Diese Weide ist der Zeuge unseres Schwures«, sagte er. »Sollte mir unterwegs ein Unglück zustoßen, sollten wir uns in diesem Leben nicht mehr wiedersehen, so wollen wir uns gleich zu Beginn des nächsten Lebens wieder treffen! Wir werden Zwillinge sein, wir werden zusammen geboren werden und aufwachsen und uns niemals verlassen.«

Lü Yi runzelte die Stirn. Ihr gefielen diese Worte voller schlechter Vorzeichen nicht. Doch Chong Yang drängte sie. Auch sie legte den Schwur ab. Sie verneigten sich vor der Weide.

»Lü Yi, paß auf ...« Chong Yangs Stimme erstickte. »Warte auf mich. Ich komme wieder!«

Lü Yi wandte sich ab, um ihren Schmerz zu verbergen.

»Ihr habt mich gefragt, warum ich zu Euch gekommen bin«, sagte sie. »Ihr habt mein Schweigen für Gleichgültigkeit genommen, und Ihr habt darunter gelitten. Ich habe Euch nicht geantwortet, weil ich den Grund nicht kenne. Ich wollte Euch sehen, Eure Stimme hören, Euch mein Leben schenken ... Ich habe zu viel gesagt ... Geht jetzt. Ich flehe Euch an, geht!«

Da Chong Yang reglos stehenblieb, drehte sie sich um und ging fort. Ihre Jaderinge klirrten, und im Wind raschelte ihr Kleid. Je schneller sie davoneilte, desto mehr sah es so aus, als triebe sie übers Wasser. Bald schon verschmolz ihre Gestalt mit den Bäumen.

Für den jungen Mann war dies der Anfang seiner Qualen.

Nicht einen Tag dachte er daran, diesen Marsch hin zum ungewissen Ruhm abzubrechen und in seine Hütte heimzukehren. Der Weg in die Hauptstadt schlängelte sich staubig durch die Felder und die Hügel. Die Sonne brannte mit allen ihren Feuern und trocknete Chong Yangs Kehle aus. Über seinem Kopf spannte sich endlos der Himmel. Er fühlte sich winzig, lächerlich, und fragte sich, warum er, da er das Gute kannte, auf dem Weg hin zum Schlimmsten war; warum er sich jeden Moment, obgleich Leben und Liebe ihn riefen, in der Illusion verlor, die ihn mit ihren tödlichen Armen umfing.

Mit zweifelsschweren Schritten gelangte Chong Yang zwei Monate später in die Hauptstadt, das Gesicht verdreckt, sonnengebräunt, mit zerlöcherten Schuhen, zerlumpten Kleidern.

Hinter einem breiten Graben erhob Peking majestätisch seine Mauern, die ihre Zinnen und mit Drachen bestickten Banner in den Himmel reckten. Schwalben zogen über den Türmen ihre Kreise, auf denen Bogenschützen patrouillierten. Die buntgescheckte Menge passierte die Zugbrücke und betrat die Stadt durch das Haupttor, das einem aufgerissenen Auge glich.

Die erste kaiserliche Prüfung fand im zweiten Mond statt, und man wartete, bis die Pflaumenbäume blühten, um das Ergebnis bekanntzugeben. Chong Yang war zugelassen und legte die zweite Prüfung ab, die letzte Etappe, um dem Kaiser zu Füßen zu liegen.

Das Examen wurde in der Verbotenen Stadt abgehalten, in der Vorhalle des Thronsaals und auf den weißen Marmorstufen. Es war ein Thema aus den Vier Büchern* zu behandeln. An diesem zehnten Tag des vierten Mondes ließ sich Kaiser Ying Zong von dem milden Wetter zu einem Festmahl verlocken. Er trank und lachte mit seinen Ministern im Inneren des weitläufigen Saales.

Einen Mond später waren die Ergebnisse noch immer nicht bekanntgegeben worden. Chong Yang wohnte in einer Herberge am Osttor der Verbotenen Stadt, und da seine Börse mager war, hatte er sein Zimmer verlassen und teilte im Erdgeschoß eine Strohmatte mit fahrenden Händlern, Gauklern und zweifelhaften Gestalten. Morgen für Morgen verließ er die Herberge, ging an der karmesinroten Mauer der kaiserlichen Paläste entlang bis zum Tor des Himmlischen Friedens, wo die beiden Säulen, die mit den Drachenstatuen geschmückt waren, jenen Totems des chinesischen Volkes, sich stolz in den Himmel reckten. Enttäuscht, zerfressen von der Ungeduld, ging er am Palastgraben eine Nudelsuppe essen und stürzte sich dann in die Gassen, um zu träumen, um über seine Bestimmung nachzugrübeln und um seine Ängste im Lärmen des Pekinger Lebens zu ertränken.

Als Mandarin, als Sieger der Auswahlprüfungen, die den Ehrgeiz von an die zehntausend Literaten gebrochen hatten, würde er in kaiserlichem Auftrag in seine Provinz zurückkehren, wo er ein Verwaltungsamt ausüben würde. Doch konnte diese unerhoffte Ehre Chong Yang nicht befriedigen, der seit seiner Ankunft in Peking auf eine Stellung bei Hofe hoffte.

Bei seinen einsamen Wanderungen kam der junge Mann an den Prinzenpalästen vorbei. Die roten Tore wurden von marmornen Löwen bewacht und von Lakaien, die auf den Gehsteigen saßen. Ein Glockenturm, ein Dachreiter, der Giebel eines Pavillons ragten über den Mauern auf; sie deuteten ein Leben an, das den Augen des Volks vorenthalten blieb. Von Zeit zu Zeit öffnete sich ein Seitentor, Knechte und Dienstmädchen erschienen. Wagen unter einer Umhüllung von schillernden Seidenstoffen, begleitet von einer Eskorte junger Edelleute, rollten heraus. Der Wind hob den Vorhang an, und von weitem erhaschte Chong Yang manchmal einen Blick auf ein Gesicht, ein Stück Kleid, einen von Edelsteinen überfließenden Haarschopf.

Eines Morgens erwachte Chong Yang aus einem seltsamen Traum. Er war in eine scharlachrote, mit wilden Vögeln bestickte Robe* gekleidet, und er kommandierte ein Heer, das am Fuß der Großen Mauern stand. Vor der Herberge wurde ein Hahnenkampf abgehalten. Man hörte Flüche, Beifallrufe. Zwei Männer gerieten in Streit, Stimmen wurden laut. Chong Yang erinnerte sich, daß er seinen letzten Tael ausgegeben und bis zum Morgengrauen getrunken hatte. Mit schwerem Kopf lag er auf einer Strohmatte, die einen ekelerregenden Gestank abgab, und starrte an die schmierige Decke.

Unfähig, um Geld und Nahrung zu betteln, spürte er seinen nagenden Hunger. Der Herbergswirt würde ihn auf die Straße setzen. Wo sollte er eine Unterkunft finden, eine Arbeit, die es ihm erlaubte, bis zur Bekanntgabe der Ergebnisse zu überleben?

Wieder dämmerte er in den Schlaf, als jemand ihn gewaltsam aus dem Bett riß. Soldaten packten ihn am Arm und ließen ihn vor einem Offizier niederknien. Der Mann zog eine Papierrolle aus seinem langen Ärmel und las laut vor.

Es war der kaiserliche Erlaß, der Chong Yang befahl, im Palast vorstellig zu werden. Überwältigt verneigte er sich in Richtung der Verbotenen Stadt. Der Offizier steckte die Rolle zurück in seinen Ärmel. Als er auf einer Ecke der Strohmatte ein Seidengewand erblickte, griff er danach und zog es dem jungen Mann mit Gewalt an. Man stieß den Herbergswirt und die Reisenden zur Seite. Noch immer betrunken, war Chong Yang unfähig zu gehen. Man schleppte ihn nach draußen und setzte ihn auf ein Pferd. Die Soldaten schlugen den Gong, um einen Weg durch die Menge zu bahnen. Die Prozession setzte sich in Bewegung.

Im Palast war schon ein Dutzend Literaten versammelt, sie standen in Grüppchen vor dem Südtor. Bei Chong Yangs Ankunft rief ein Ritenaufseher sie zusammen und eskortierte sie bis zur Verbotenen Stadt. Er ließ sie auf dem Vorplatz zum Saal der Ewigen Harmonie warten, bis die Audienz beendigt war. Trotz seiner Benommenheit war Chong Yang sich ungefähr dessen bewußt, was um ihn herum ablief. Er hielt den Kopf gesenkt, starrte auf die Spitze seiner Schuhe und konzentrierte sich, um sich nicht zu übergeben.

Plötzlich brach die Musik an wie ein Donnerschlag. Dreimal schnalzte die zeremonielle Peitsche. Chong Yang tat es den anderen Literaten gleich und verneigte sich tief.

Aus dem Inneren des Saales der Ewigen Harmonie verkündete eine Stimme den Namen des Preisträgers, von den Dienern und den kaiserlichen Gardesoldaten zu einem endlosen Echo ausgedehnt. Chong Yang meinte seinen Namen zu erkennen, aber seine Ohren brummten, sein Kopf drehte sich. Unfähig, die Wahrheit von der Einbildung zu unterscheiden, zog er es vor, zu schweigen und reglos stehenzubleiben.

Als der Ritenaufseher sah, daß Chong Yang, statt sich zu Boden zu werfen und für die himmlische Gnade zu danken, taub und verblüfft in der Gruppe der Literaten verharrte, trat er heran und gab ihm einen groben Stoß. Chong Yang fiel auf die Knie. Er tat sich weh, und der Schmerz riß ihn aus seinem Rausch. Da begriff er, daß soeben ein neues Leben begonnen hatte.

Als die Zeremonie zu Ende war, verließen die kaiserlichen Mandarine unter der Führung des Ritenaufsehers den Palast durch die Tore der Strahlenden Tugend, der Reinen Weisheit, des Südens, des Himmlischen Friedens. Sie überschritten die Brücke des Goldenen Flusses. Vor dem Tor des Ewigen Friedens, das im Osten des Palasts lag, hatte der Minister für Riten und Zeremoniell ein Festmahl ausgerichtet. Man gewandete die drei kaiserlichen Bestplazierten in scharlachrote Seide, setzte ihnen Hüte auf, die mit goldenen Blumen geschmückt waren. Man stieß auf die Langlebigkeit des Kaisers an und auf den Ruhm des Reiches. Dann half man den Mandarinen auf ihre prächtig aufgezäumten Pferde, und die Eskorte geleitete sie zurück in ihre Unterkunft.

Chong Yang sah, wie sein Name auf den Straßen der Hauptstadt angeschlagen wurde. Die Menge drängte sich auf den Gehsteigen, um sein Gesicht zu betrachten. Manchmal öffnete sich oben in einem Pavillon ein Fenster. Junge Frauen, halb verborgen hinter dem Gazevorhang, lachten, schwenkten ihren Fächer, warfen ihm schüchterne Blicke zu.

In der Herberge bedrängte der Wirt ihn bestürzt, in sein Haus einzukehren. Er quartierte seine Familie aus und entbot dem jungen Mandarin seine Lakaien und seine Dienstmädchen.

Plötzlich brach die Nacht herein, und es wurde still. Chong Yang ließ sich ins Bett fallen. Eine tiefe Melancholie überkam ihn. Wie oft hatte er von diesem prächtigen Leben geträumt! Welcherart Glück barg ein solches Dasein? Wäre er etwas anderes als ein gewöhnlicher Literat? Gewiß, er würde nie mehr Hunger leiden, nie mehr der Kälte ausgesetzt sein, die manchmal auf das Gebirge niederfiel. Aber zu welchem Preis? Chong Yang wußte, was ihn bei Hofe erwartete. Die konfuzianische Bigotterie predigte Selbstaufgabe, Aufopferung, Ergebenheit vor dem Staat, Gehorsam gegen den Herrn. Aber in den Geschichtsbüchern las man nur von Intrigen, Kämpfen um Ansehen, vom unstillbaren Verlangen, den eigenen Einfluß zu vergrößern.

Ein wahrgewordener Traum ist ein Traum weniger. Niemals war Chong Yang so klarsichtig gewesen wie in diesem Augenblick. Wenn er heute das Spiel des Schicksals annahm, so kämen morgen unzählige weitere Gelegenheiten, in denen der Ruhm ihn in Versuchung führte. Diese Aussicht ließ ihn schwindelig werden.

Er dachte an Lü Yi. Das brachte ihm etwas Trost. Er sah sie, wie sie im smaragdgrünen Kleid Bambusspäne flocht. Einfach und bescheiden folgte sie Werten, die denen der hiesigen Welt entgegengesetzt waren. Er würde nach Hause zurückkehren. Lü Yi würde über sein Leben entscheiden. Wenn sie es wollte, würde er den Hut des Preisträgers ablegen und die Hauptstadt verlassen.

Am folgenden Tag erhielt Chong Yang die Geschenke des Kaisers: eine Hoftracht mit Juwelen, Goldbarren, Brokatrollen. In seinem neuen Gewand hatte Chong Yang sich im Palast vorzustellen, um Seiner Kaiserlichen Anmut zu danken. Hoheit pries sein Talent und betraute ihn mit einem hochrangigen Amt. Als Chong Yang seinen langen Kotau beendet hatte, fragte ihn der Kaiser, ob er verheiratet sei. Chong Yang zögerte. Er hatte mit Lü Yi niemals die Heiratszeremonie vollzogen. Er errötete und verneinte.

Es begann nun das lange Ritual der Glückwünsche und der Danksagung. Die Beamten kamen in einer langen Reihe zu dem neuen Preisträger. Sie suchten sich die Freundschaft des jungen Mandarins zu sichern, den der Kaiser zu beglückwünschen geruht hatte. Sie schenkten ihm Goldbarren. Mit gefälscht freundlicher Geduld zeichneten sie ein grobes Bild des Hofes. Unterwürfig erklärten sie die anstehenden Streitfälle und gaben ihm warnende Hinweise. Chong Yang erwiderte die Besuche der Mandarine. Er stellte sich bei den Ministern vor. Die Prinzen und Fürsten luden ihn zum Abendmahl ein. Man besprach die Bodenreform, Grenzscharmützel, bedeutsame Versetzungen. In Begleitung von legendären Dichtern, von berühmten Kurtisanen, berauschte man sich an der Musik, die von den größten Meistern gespielt wurde, und verspeiste exotische Früchte, deren Transport Männer und Pferde ausgelaugt hatte.

Am elften Tag empfing er den kaiserlichen Hofmeister, einen reservierten, hochmütigen Achtzigjährigen. Als Entsandter des Prinzen Yi Yu, des jüngeren Bruders des Kaisers, schlug er Chong Yang eine Heirat vor. Der junge Prinz, sagte er, war der neuen Eminenz mehrmals begegnet und meinte, seine gemessenen Umgangsformen und die Harmonie seiner Erscheinung versprächen eine außerordentliche Zukunft. Er hatte beschlossen, seinem Bruder dem Kaiser zu raten – selbstredend mit der Erlaubnis von Chong Yang –, ihm die Hand einer seiner Schwestern zu geben. Der Hofmeister, der diese fünfzehnjährige Prinzessin kannte, fügte hinzu, sie sei von edlem Herzen und ausnehmender Schönheit.

Die Worte des Greises stürzten Chong Yang in tiefe Verwirrung.

Nach einigen Tagen der Beobachtung hatte er begriffen, um welchen Einsatz und welche Vorbehalte bei Hofe gespielt wurde. Zehn Jahre zuvor hatte der Kaiser den Thron bestiegen, als er kaum neun Jahre alt war. Die Kaiseringroßmutter befolgte die althergebrachten Regeln, nach denen den Frauen die Politik verboten war, und lehnte die Regentschaft ab. Die Macht fiel in die Hände der senilen Minister, die einst der Herrschaft von Ren Zong zur Blüte verholfen hatten, dem Großvater des Kaisers. Unterdessen genoß Wang Zhen, der Riteneunuch, das ungeteilte Vertrauen des Himmelskindes. Sein Einfluß wuchs von Tag zu Tag, und bald konnte der jugendliche Kaiser auf ihn nicht mehr verzichten. Als die Kaiseringroßmutter und die regierenden Minister starben, räumte Wang Zhen mit der Unterstützung der Folterpolizei der Jin Yi* die Gegner aus dem Weg und riß die Macht an sich. Der Prinz Yi Yu war trotz seiner jungen Jahre von wendigem, hellsichtigem Geist. Geeint in ihrem Haß gegen den Eunuchen Wang Zhen, hatten sich einige Minister um ihn geschart und berieten ihn. Wenn dieser Prinz Chong Yang mit seiner Schwester zu vermählen wünschte, dann wollte er ihn damit in seinen Klan ziehen.

Drei Tage lang schützte Chong Yang eine Krankheit vor und hielt seine Tür verschlossen.

Vor dem Kaiser hatte er erklärt, er lebe allein. Wenn

er die Existenz einer Frau in seinem Leben erwähnte, wäre das ein Widerspruch. Dem Himmelssohn die Wahrheit zu verbergen ist ein Verbrechen der Majestätsverletzung, und man würde ihm den Kopf abschneiden. So war er also alleinstehend, und lehnte er die Hand einer Prinzessin ab, so wäre er unverschämt, lächerlich, reif für die Verbannung.

Man zwang ihn, zwischen zwei Lebensstilen zu wählen: Schwager des Kaisers zu sein, Großartigkeit zu erleben und einen strahlenden Aufstieg, dafür aber unter den Tigern zu weilen, oder aber in die Ruhe des Eheglücks zurückzukehren.

Warum nur schlossen sich Liebe und Ehrgeiz gegenseitig aus!

Die Feierlichkeiten zur Hochzeit dauerten drei Monate. Die ganze Hauptstadt lebte in Ausgelassenheit. Das neue Mitglied der Himmlischen Familie verführte das Volk mit seiner Würde, seiner Schönheit und seiner melancholischen Anmut.

Chong Yang hatte einen prachtvollen Palast bezogen, der für das junge Paar eingerichtet worden war. Ein Garten mit Felsformationen und Pavillons dehnte sich hinter dem Haus, vor dem ehelichen Schlafgemach.

Eines Abends erwachte er: Er meinte zu hören, wie Lü Yi ihn beim Namen rief. Er stand auf. Der Wind brachte die Blätter zum Rascheln und ließ ihn glauben, daß sie da war, irgendwo in der Dunkelheit.

»Lü Yi ...«, flüsterte er.

Die Päonien schaukelten im Wind, wisperten ihm vorwurfsvoll entgegen.

Die Prinzessin war ein intelligentes junges Mädchen. Sie wußte jedes geringste Verlangen ihres Gatten zu stillen. Um seine Traurigkeit zu zerstreuen, deren Grund ihr verborgen blieb, ließ sie ein unermeßlich großes Schiff bauen, und an den Sommertagen fuhr das Prinzenpaar den Großen Kanal hinab, bei seinem köstlichen Mahl vom Klang der Flöte begleitet. Sie dressierte Kraniche, die im Mondschein tanzten, veranstaltete Feste, bei denen die besten Opernensembles sangen, organisierte Dichterwettstreite, baute Paläste auf ihren weitläufigen Besitzungen. Um ihn von ihrer Liebe zu überzeugen, suchte sie ihm mit verliebter, zärtlicher Sorgfalt die schönsten Konkubinen aus, deren Spiele ihn seinen Kummer vergessen ließen.

Bei Hofe war die neue Eminenz von der ernsten Kälte und der Weitsicht, die Respekt einfordert. Der Kaiser hatte ihn mit der Bodenreform betraut, einem Auftrag, den er glänzend erfüllte. Chong Yang förderte damit das Ansehen des Prinzen Yi Yu. Doch er war von Feinden umgeben. Der Eunuch Wang Zhen haßte ihn. Andere beneideten ihn um sein Vermögen, bewunderten aber seine Klarsicht, seine Geduld, seine Unnachgiebigkeit. Er wurde in Intrigen verwickelt, übte sich in Grausamkeit. Um sich selbst zu schützen, lernte er die einen für sich zu gewinnen, die anderen zu zerstören. Er hatte Tausende von Bauern vor dem Hungertod bewahrt, aber auch Rivalen in die Folter, in den Tod gestürzt. Sein Wesen veränderte sich. Er wurde jähzornig. Manchmal flüchtete er sich in die Einsamkeit, und plötzlich tat sich der Abgrund des Lebens auf, das er einst geführt hatte, nachdem seine Eltern gestorben waren. Die Stille stärkte und belastete ihn. Da klingelte er nach den Dienern: Man sollte ein Festmahl bereiten! Generäle, Mandarine, Kurtisanen trafen ein, sein Palast füllte sich mit Seidenstoffen, aufwendigen Gewändern, freundlichen Gesichtern. Zarte Lobesworte ließen ihn das Gebirge vergessen, den Bambus, seine Hütte.

Eines Abends träumte er von Lü Yi.

»Mein Glückwunsch«, sagte sie in einer leichten Verbeugung. Er verschlang sie mit den Augen. Sie hatte sich nicht verändert.

»Glückwunsch«, wiederholte sie in traurigem Ton. »Ihr seid am Gipfel des Ruhms.«

Die Ergriffenheit hatte Chong Yang beinahe taub werden lassen. Er hatte nicht gehört, was sie eben sagte. »Endlich bist du da«, seufzte er.

Er stand auf, trat zu ihr, um sie in die Arme zu schließen. Sie wich einen Schritt zurück.

Tausendmal hatte sich Chong Yang die ersten Momente ihres Wiedersehens vorgestellt. Nie hätte er gedacht, daß er Lü Yi nur zu sehen brauchte, um so glücklich zu sein. Er vergaß darüber ganz, wie schuldig er war. Ihm war, als hätten sie sich am Vortag getrennt, und Lü Yi hatte ihm so gefehlt! In seinem Glück, sie wiederzusehen, lächelte er.

Sein Lächeln verletzte sie, sie verschwand.

»Warte, Lü Yi, warte! Laß mich nicht allein!«

Chong Yang erwachte, innerlich zerrissen. Er wand sich aus den Armen einer Konkubine. Es war noch nicht Tag. Er schlich aus dem Raum, nahm ein paar Goldbarren, ließ sich einen pelzgefütterten Mantel bringen. Unter dem Vorwand, man rufe ihn dringend an den Hof, sprang er auf sein Pferd und verbot, daß man ihm folgte. In zehn Tagen, so meinte er, wäre er im Gebirge und würde Lü Yi in die Arme schließen.

Auf der Straße blickte er sich um und betrachtete seinen Palast. Mit Drachen geschmückte Laternen erleuchteten die purpurnen Mauern und die Tore, die mit Bronzenägeln beschlagen waren. Die Pavillons und Türme auf der anderen Seite der Mauern zeichneten fratzenhafte Schatten in das Halbdunkel. Es war das letzte Bild seines Ruhms. Wenn die Sonne aufgegangen, die üblen Träume erst verflogen waren, würde

Chong Yang, seiner Hoftracht entledigt, als einfacher Reisender ohne einmal anzuhalten nach Hause zurückkehren.

Der junge Mann wollte gerade sein Roß zum Galopp antreiben, als mehrere Reiter auftauchten und ihn mit seinem Titel ansprachen. Die Eunuchen überbrachten ihm den Befehl des Kaisers, der ihn an den Hof beorderte. Die Mongolen hatten die chinesische Grenze überschritten und die Stadt Da Tong überfallen.

Um die Mitte des siebten Mondes hob der Kaiser in aller Eile ein Heer von fünfhunderttausend Soldaten aus und schritt aus den Großen Mauern durch das Tor Jü Yong. Wang Zhen, der lange mit den Mongolen Waffenhandel getrieben hatte, tyrannisierte die Truppen auf dem Marsch. Wegen mangelnden Nachschubs starben die Soldaten an Hunger und Kälte. Noch bevor sie Ta Tong erreichten, überzeugte der Eunuch den Kaiser, nach Peking heimzukehren. Die chinesische Armee wurde in ihrer überstürzten Flucht von der mongolischen Reiterei eingeholt. Dreihunderttausend Soldaten wurden niedergemetzelt, an die fünfzig Mandarine und ebensoviele Generäle kamen um. Der Kaiser wurde gefangengenommen.

Chong Yang sammelte die Überlebenden, ließ Wang Zhen ergreifen und kehrte mit Weh und Ach nach Peking zurück. Bei Hofe herrschte Bestürzung über die

Niederlage, bereits war davon die Rede, die Hauptstadt in den Süden zu verlegen. Chong Yang widersetzte sich diesem Gedanken. Mit der Unterstützung der Generäle hob er den Prinzen Yi Yu auf den Thron und entkräftete so die Drohung der Feinde, die den Kaiser als Geisel festhielten.

Im Monat des zehnten Mondes belagerten die Mongolen Peking. Verunsichert vom Widerstand der Hauptstadt, zogen die Barbaren, denen es mehr um die Beute als um die Eroberung ging, ab. Zurück in der Steppe, ließen sie ihre Geiseln frei. Als Ying Zong wieder in Peking war, wurde er von seinem jüngeren Bruder in der Verbotenen Stadt eingesperrt, denn der wollte die Krone für sich behalten.

Der Krieg steigerte Chong Yangs Ansehen. Der neue Kaiser ernannte ihn zum ersten kaiserlichen Berater und zum Großmarschall, und er hatte eine so ungeteilte Autorität über den Hof, daß er niemanden mehr zu fürchten hatte. Selbst der Himmelssohn wagte keinen Beschluß zu fassen, ohne ihn um Rat zu fragen. Das Volk verehrte ihn als Retter Chinas. Er reiste in großem Aufzug: Fanfaren, Banner, Eskorten und Herolde bahnten ihm den Weg, wobei sie seinen Titel ausriefen. Seine Bestimmung, das kleine Rinnsal der Anfänge, war ein reißender Fluß geworden, dessen Pegel stets weiter anstieg. Man kam, um ihn um seine Milde und seinen Schutz anzuflehen. Seine Anordnungen wurden beflissen ausgeführt. Man beobachtete seine Bewegungen und seine Blicke, man erriet seine Absichten und kam ihnen zuvor, um ihm besser zu Diensten zu sein. Andere konnten nicht an ihn herankommen, sie suchten seine Dienstboten zu bestechen, denen so ergeben gehuldigt wurde wie den Herrschaften.

Chong Yang war eben dreißig Jahre alt geworden. In Trunkenheit und Melancholie sah er, wie seine Macht und sein Reichtum wuchsen. Seine Größe schmeichelte ihm und machte ihm Sorgen. Aus Angst vor einem Mordüberfall verdoppelte er seine Gardesoldaten und ließ seine Mahlzeiten vorkosten. Abergläubig praktizierte er alle Religionen. Um die Gunst der Götter auf sich zu ziehen, ließ er in der Umgebung von Peking einen taoistischen Tempel erbauen, eine tibetische Pagode, ein buddhistisches Kloster und befahl, daß dort in seinem Namen gebetet werde. Vor der Belagerung Pekings hatte er daran gedacht, sich von den Ehren abzuwenden und sich ins Gebirge zurückzuziehen, nun aber, da er Herr des Reiches geworden war und sich um dessen Ruhm kümmerte wie um den seines eigenen Hauses, verzichtete er auf den Rückzug.

Unterdessen verfolgte ihn das Bild von Lü Yi. Sie war das einzige, was dieser beinahe restlos glückliche Mann vermißte. Wenn er sich auch an den raffiniertesten Gerichten labte, träumte er doch von ihrer schlichten Küche. Wenn er auch von berühmten Schönheiten umgeben war, bedauerte er doch, daß keine von ihnen ihr gleichkommen konnte. Er brauchte eine Frau wie Lü Yi, die ganz Sanftheit war, ganz Zurückhaltung und Unschuld. Mit gesenktem Blick würde sie ihn zu trösten wissen. Ihr Lächeln hätte sein Leben erhellt wie die Strahlen der Sonne.

Chong Yangs Reue war so stark, daß er in seiner Bedrängnis eine Strafe der Götter sah. Verschreckt erklärte er der Prinzessin, seiner Gattin, er habe sich entschlossen, eine neue Konkubine zu nehmen, und schickte einen Trupp Soldaten, Diener, Zofen, Musiker ins Gebirge. Er schrieb einen Brief an Lü Yi, in dem er ihr erzählte, was ihm seit seinem Weggang widerfahren war und welche Rolle er bei Hofe innehatte. Er flehte sie für sein Schweigen um Verzeihung an und bat sie, in die Hauptstadt zu kommen.

Die Delegation stellte Chong Yangs Geduld und Hoffnung auf eine harte Probe, kehrte aber schließlich doch zurück. Der Aufseher, der sie anführte, brachte seinem Herrn die Brokatrollen wieder, die Schatullen voller Perlen und die Juwelen, die für Lü Yi bestimmt gewesen waren. Er überreichte ihm einen Brief. Chong Yang erkannte ihre Schrift.

Lü Yi dankte ihm für die Geschenke. Sie war ein bäuerliches Leben gewohnt, sagte sie, und brauchte diesen Überfluß nicht. Die Jahre der Trennung hatten ihre Gefühle nicht verändert. Sie lebte von ihren Erinnerungen, glücklich, von den Gegenständen umgeben zu sein, die ihm gehört hatten. Ihr Bruder war gekommen sie zu holen, aber sie hatte es abgelehnt, ihm zu folgen. Sie war mit Körper und Seele einem Mann ergeben, und sie verstand sich als den Schatten, der an seinem Licht hing. Bei Hofe würde sie seine Sklavin werden, sein Spielzeug. In ihrem Gebirge könnte sie ihn in der Wahrheit lieben und von ihm geliebt werden. Macht und Reichtum waren nichts als Traum. Sie würde seine Heimkehr erwarten, und wenn es sein mußte, bis an das Ende ihrer Tage.

Der Brief von Lü Yi ließ Chong Yang verzweifeln. Außer sich vor Zorn entließ er seinen Aufseher und schickte seinen Privatsekretär mit einem kleinen, schlicht gekleideten Gefolge, um Lü Yi seine Botschaft zu überbringen. Er flehte sie an, zu ihm zu kommen. Für sie würde er in der Gegend von Peking einen Hügel errichten lassen, würde dort einen Bambuswald pflanzen, in dem sie, abgeschieden von der Welt, in der Stille wohnen könnte.

Sobald der Sekretär weg war, litt Chong Yang wieder an Ungeduld und Bedrängnis. Mit düsterem Vergnügen sah er in Gedanken das Gebirge vor sich, diese weitläufige Welt, die undeutlich geworden war, in weiter Ferne lag. Er rief sich den Geruch des Bambus ins Gedächtnis, wie er sich mit dem Duft der Küche mischte, das Rauschen des Windes, den Geschmack des bitteren Tees, das Gurgeln der Quellen, das vergangene Leben.

Aber wie sollte er in sein früheres Dasein zurückkehren?

Eines Abends erschien ihm Lü Yi im Traum, sie war abgemagert. Dunkle Ringe lagen um ihre Augen, ihre Haare waren stumpf.

Sie hatte geseufzt. Nachdem sie Chong Yang lange gemustert hatte, hatte sie ihn mit schwacher Stimme angefleht, zu ihr zurückzukehren.

Als Chong Yang diese Worte hörte, spürte er, wie seine Eingeweide zerrissen. Er wollte ihr von seiner Traurigkeit erzählen, ihr sagen, wie sehr sie ihm fehlte. Er war bereit, ihr zu gestehen, daß sein Leben als Würdenträger zu einem Gefängnis geworden war.

Aber der Stolz knebelte ihn, er verharrte im Schweigen.

Lü Yi sah ihn fest an, ihre Augen waren noch schwärzer geworden. Plötzlich erschrak sie bei einer Vision, die nur für sie allein sichtbar war, schlug die Hände vor ihr Gesicht und entfernte sich in der Dunkelheit. Als Chong Yang sah, wie sie verschwand, schrie er ihren Namen, um sie zurückzuhalten. Sie antwortete nicht. Er hörte das Klirren der Jaderinge, und Sehnsucht nach dem Glück von gestern ergriff ihn. Vom Schluchzen geschüttelt, wachte er auf.

Als die zweite Prozession heimkehrte, übergab man Chong Yang wieder einen Brief. Lü Yi predigte ihm die Vernunft. Sie riet ihm, sich umgehend vom Hof zurückzuziehen, als sähe sie ein baldiges Unglück drohen.

Chong Yang wurde zornig. Warum das Warten, warum dieser Starrsinn? Er meinte die Antwort zu kennen.

Sie hatte beschlossen, seine Unbeständigkeit durch ihre Treue herauszufordern, seine Anmaßung durch ihre Demut.

Niemand außer ihr hatte es gewagt, ihm zu widersprechen, sich ihm zu widersetzen. Chong Yang war schließlich wütend auf die, die ihn verfolgte, ihn verurteilte und seine Macht geringschätzte. Erneut rief er seinen Privatsekretär zu sich und ließ Lü Yi einen unbeschriebenen Bogen Papier bringen, das Zeichen der Trennung, dazu einige Barren Gold.

Eines Nachts, als er allein auf der Veranda weilte, erschien ihm inmitten eines dunklen Päonienfeldes eine Frau in smaragdgrünem Kleid. Er schreckte hoch, glaubte zu träumen. Doch sie begann zu sprechen. Obwohl die Blumen raschelten, war ihre Stimme hell und klar.

»Warum laßt Ihr mich nicht warten?« fragte ihn Lü Yi. »Warum raubt Ihr mir die Hoffnung?«

Sie unterbrach sich, um Luft zu schöpfen. Ihr Gesicht war bleich. Chong Yang bemerkte, daß sie gekleidet war wie beim ersten Mal, als sie in der Sänfte zu ihm gekommen war. Ihre Haare hatten ihren Glanz wiedergefunden und leuchteten in der Nacht. Sie war leicht geschminkt, ihr Gesicht strahlte. Ihr gefüttertes Seidenkleid ließ am Kragen den Blick auf ein zweites, türkises Kleid frei. Sie waren mit einer Klammer aus Smaragd und einem golddurchwirkten Gürtel aneinandergeheftet. Fünf Ringe, die in dasselbe Band gewunden waren, hingen daran. Der erste war von der Farbe der Blätter im Herbst, der zweite von der des Feuers, und der letzte war karmesinrot wie Blut.

»Ihr befehlt mir, mit Euch zu brechen«, sagte sie voller Verzweiflung. »Ich widersetze mich Euch! Lebt wohl, Chong Yang. Ihr habt mir das Leben geschenkt, Ihr habt mich zärtlich umhegt. Ihr habt mir ein so starkes Gefühl eingegeben, daß ich außerstande bin, es zu benennen. Ihr habt mich nicht verstanden. Ich verachte Euch nicht. Ich habe nur versucht, mich bis zu Euch emporzuschwingen. Jetzt, da ich Euch nicht mehr folgen kann, gebe ich Euch mein Leben zurück!«

Chong Yang wollte ihr antworten, aber sie wandte ihr Gesicht ab. Ein heftiger Windstoß zog durch den Garten und bauschte ihr Kleid auf. Im Schein des Mondes sah er, wie ihre Füße in den Boden drangen; ihre Haare flogen im Wind auf und wurden zu feingliedrigen Zweigen. Ihre Augen, ihr Mund, ihre Nase verschmolzen zu einer rauhen Rinde, die allmählich ihre Haut überdeckte.

Lü Yi war verschwunden. An ihrer Stelle ließ eine Trauerweide ihre Zweige schaukeln, raschelnd, als spräche die junge Frau noch immer. In seinem Staunen hatte Chong Yang keine Zeit, ein einziges Wort auszusprechen. Die Blätter der Weide begannen sich gelb zu verfärben, lösten sich von den Zweigen, tanzten durch den Wind, bevor sie über die Mauer flogen. Im Nu vertrocknete der Baum, und es blieb nur ein Stamm stehen, in dem kein Saft mehr floß.

Ying Qi, den Chong Yang lange Zeit nicht mehr gesehen hatte, erschien am Eingang zum Garten. Er stürzte sich auf die Trauerweide, schloß sie in die Arme und überschüttete sie mit seinen Tränen.

Dann drehte er sich zu Chong Yang um, der ihn sprachlos beobachtete. Er sagte ihm: »Wir sind keine Menschen, sondern die beiden Weiden, die Ihr unter Eurem Fenster gepflanzt habt. Als wir Kinder waren, schwor meine Schwester, Euch Eure Wohltat zu erwidern. Jetzt zwingt uns das Schicksal, Euch zu verlassen.«

Er verneigte sich vor Chong Yang und verschwand in der Dunkelheit.

Plötzlich erwachte Chong Yang, und sein Blick streifte durch den Garten. Er konnte nichts Ungewöhnliches entdecken. Die Päonien wogten im Nachtwind, flüsterten, als spräche jemand ganz leise.

Der Botschafter, den Chong Yang ins Gebirge entsandt hatte, kehrte nach Peking zurück. Er brachte ihm die Goldbarren wieder.

An der Grenze kam es zu Scharmützeln. Chong Yang nahm sein Siegel als Großmarschall und verließ Peking. Man warnte ihn, wie gefährlich es war, sich vom Hof zu entfernen. Aber Chong Yang langweilte sich in der Hauptstadt. Er litt an einer seltsamen Niedergeschlagenheit, die, so meinte er, allein der Krieg zu heilen vermöchte.

Jenseits der Großen Mauern, im Land der Barbaren, trieb der Wind Steine vor sich her, die so groß waren wie Wagenräder. Auf das Wiehern der Streitrösser antwortete das Echo der rauhen Hörner, das Schlagen der Fahnen, das Klirren der Schwerter. Anspannung, Bedrängnis und Stolz waren so übermächtig, daß Chong Yang darin zu neuer Heiterkeit fand.

Gegen die Mitte des sechsten Mondes fielen Schneeflocken, so dick wie Gänsefedern. Nach der Schlacht war der weiße Boden bedeckt von den Leichen der Menschen und der Pferde, vom Gras, das das Blut verfärbt hatte.

Der Kaiser schickte ihm eine Depesche. Er lag im Sterben. Im Eilmarsch kehrte Chong Yang in die Hauptstadt zurück. Am Palasttor wurde er von den Kaisergarden ergriffen.

Einige Minister hatten sich die Abwesenheit Chong Yangs und die Agonie Yi Yus zunutze gemacht und den Palast vom Heer umstellen lassen.

Nach dem Staatsstreich, der Ying Zong befreit hatte, und dem Tod Yi Yus bemächtigte der frühere Kaiser sich wieder der Krone und verdammte Chong Yang zur Todesstrafe. Ein Jahr später wurde die Strafe wegen seiner Ehe mit einer kaiserlichen Prinzessin abgemildert, und er wurde an die Klippe der Welt verbannt.

Der Weg führte durch seine Heimatstadt. Sie schritten über die Hauptstraße. Angezogen vom Klang der Gongs und der eisernen Kette, die Chong Yang an den Füßen mitschleifte, versammelte sich die Menge auf den Gehsteigen und ergötzte sich am Anblick eines Verbrechers. Chong Yang erblickte sein Haus, das er nicht mehr gesehen hatte, seit er zwölf Jahre alt gewesen war. Er flehte die Wachen an, ihn eintreten zu lassen, und schenkte ihnen die letzten Taels, die er bei sich trug.

Die Läden waren verfallen, das Unkraut wuchs auf dem Dach dieses einst so prächtigen Anwesens. Man hatte die Mauer geschleift, die Marmorplatten herausgeschlagen, die Säulen niedergeworfen, die Türrahmen von edlen Hölzern herausgerissen. Die Plünderer hatten alles mitgenommen, alles gestohlen. Nichts war von seiner Kindheit übrig.

Vor den Fenstern seines Zimmers standen unter einer

Decke von Staub und Spinnenweben die verfaulten Stämme zweier Trauerweiden.

Chong Yang sah die Szene seines Abschieds von Lü Yi vor sich: Er zog sie sachte unter den älteren der beiden Bäume; sie schworen, sich zu Beginn eines nächsten Lebens wiederzutreffen, vereint wie Bruder und Schwester.

Und doch lag vor Chong Yang nichts als das Dunkel.

二

Meine Familie kam Mitte des vierzehnten Jahrhunderts an den Kaiserhof, als der General Zhu Yuanzhang, der soeben die Mongolen aus China vertrieben hatte, sich zum Kaiser ausrufen ließ und die Ming-Dynastie begründete. Er belobigte seine Kriegsgefährten und verlieh meinem Vorfahren, dem General Meng Kai, den Titel Fürst des Langen Wohlstands.

Über drei Jahrhunderte und zehn Generationen hinweg verfolgte meine Familie ohne Stillstand Reichtum, Macht und Ruhm. Die Söhne besetzten hohe Ämter, die Töchter gingen vornehme Verbindungen ein.

Dann erhoben sich mit der Hungersnot eines Tages Horden von Banditen. Sie durchzogen das Land, eroberten die Provinzen, umzingelten Peking und durchbrachen das Tor der Verbotenen Stadt. Der Kaiser erhängte sich in seinem Garten, und der General Li Zicheng, der Anführer der Aufständischen, bestieg den Thron.

Die Mandschu-Barbaren nutzten die innere Schwäche des Reiches und zogen aus dem Norden herab. Ein verräterischer General öffnete ihnen das Tor in die Großen Mauern. Li Zicheng, der Usurpator, starb im Pfeilhagel. Der Anführer der Barbaren wurde zum neuen Herrn über die Verbotene Stadt und begründete die Qing-Dynastie.

Dreihundert Mitglieder unserer Familie kamen im Lodern des Krieges und unter dem Beil der Henker um. Einer meiner Ahnen entkam der Vernichtung. Er irrte zwei Jahre umher, bevor er sich auf der Hochebene des Südwestens niederließ. Die tosenden Flüsse, die steilen Bergketten, in denen wilde Völker hausten, schützten ihn und bewahrten das Geheimnis seiner Herkunft. Er änderte seinen Namen, heiratete neu, errichtete am Rand eines Abgrunds eine Festung, widmete sich der Viehzucht.

Im endlosen Warten auf den Fall des Mandschu-Reiches und die Wiederkehr der Herrschaft der Mandarine lebten meine Vorfahren ihren öden Alltag und bereicherten sich. Aus der Familie gingen zahlreiche Töchter hervor, die den benachbarten Herren vermählt wurden; so fand sie wieder zu einer eingebildeten Allmacht. Aber wie durch einen Fluch blieben männliche Kinder selten, und über mehrere Generationen hinweg stand die Familie kurz vor dem Aussterben.

Mein Vater vermählte sich mit der Tochter eines großen Kaufmanns aus dem Südwesten. Sie brachte ihm mit ihrer Aussteuer Ländereien, Herden und Geschäfte ein. In den beiden Jahren, die auf die Hochzeit folgten, kaufte er zwei Konkubinen. Keine dieser Frauen bekam Kinder.

Meine Mutter war es, diese ehrbare Dame, die nach dreitausend Tagen innigster Gebete und nach einer schmerzhaften Behandlung, die eine Schamanin verordnet hatte, schließlich schwanger wurde. Mein Bruder und ich teilten unsere ersten Tage im Bauch meiner Mutter, Stirn an Stirn. Wir waren vereint wie ein einziger Körper.

Der Raum, in dem wir lebten, wurde bald bedrängend. Ich schlug um mich. Mein Bruder auch, aber seine Bewegungen waren kräftiger. Er bäumte sich auf, stieß mich weg, würgte mich, trat mich unter seinen Füßen, holte weit aus, indem er mir auf den Kopf trat.

Ich hörte ferne Rufe. Eine unbekannte Stimme schrie vor Glück und Triumph. Ich begriff, daß mein Bruder mich verlassen hatte, und die Einsamkeit ließ mich vor Schreck erstarren. Traurig, verzweifelt, schwankte ich zwischen Schlaf und Kampf. Ich krampfte mich zusammen, schlug mit dem Kopf gegen die weiche Mauer, die mich umhüllte. Ich war erschöpft, erstickt, aber plötzlich war da frische Luft, Licht, Kälte! Man packte mich am Fuß und gab mir einen Klaps auf den

Hintern. Mir ist kalt! Mir ist kalt! Ein Schrei drang aus meiner Kehle, ich begann zu weinen.

Die Dienerinnen nähten eilig zusätzliche Kleider. Mein Bruder und ich wurden in ein gut geheiztes Zimmer gebracht und Seite an Seite auf ein Bett gelegt, jeder in eine gefütterte Seidendecke gehüllt. Schritte nahten heran. Eine Menschenmenge betrat das Zimmer.

»Wo ist mein Sohn Chunyi, das Gute Vorzeichen des Frühlings?« fragte eine ungeduldige Männerstimme.

»Das dickere, das rosigere, das, das lauter schreit, mein Herr«, antwortete eine schleppende Stimme.

Worte der Glückwünsche sprudelten. Man machte meinem Bruder Komplimente, lobte seine Schönheit. Man lachte.

Eine Frauenstimme, die bestimmt war, aber zitterte, brachte alle zum Schweigen: »Dieses Mädchen ist so mager, daß es nicht überleben wird. Mein Sohn, gib ihr trotz allem einen Namen. Und laß einen Handwerker kommen, um einen Sarg zu zimmern.«

Man hörte Geflüster. Man beriet und kam überein, mich Chunning zu nennen, »Ruhe des Frühlings«.

Mit geschlossenen Augen und gerunzelten Brauen verschloß ich mich im Schweigen. Manchmal ließen mich die lauten Schreie meines Bruders aus dem Reich der Schatten zurückkehren, dessen Tiefe ich ermaß. Ich begann plötzlich zu weinen. Meine Wangen brannten, meine Stimme überschlug sich. Ich suchte meinen Bruder herauszufordern. Aber der Knabe heulte in seiner Erregung noch mehr, bis ich nach Luft rang, und meine Schreie wurden zu schwächlichem Jaulen.

Großmutter riß meinen Bruder von der Brust meiner Mutter, die noch von der Niederkunft geschwächt war, und brachte ihn in ihren Gemächern unter. Sie suchte ihm eine stämmige Amme, die gestopft wurde wie eine Hausgans. Als Chunyi weg war, nahm ich Tag für Tag mehr zu.

Mit drei Jahren wurde mein Bruder, bekleidet mit einem kleinen Überwurf und einem leichten Helm, auf die Kruppe eines Pferdes gesetzt.

Als er vier Jahre alt war, ließ Großmutter einen berühmten Lehrer aus der Provinz Sichuan kommen, der ihn unterrichten sollte.

Doch bald starb die alte Dame. Bei ihrem Begräbnis nahm man mich bei der Hand und schob mich zu einem kleinen Jungen mit mürrischem Gesichtsausdruck.

»Chunyi, das ist deine Schwester Chunning; Chunning, das ist dein Bruder Chunyi«, sagte man uns.

Ich verbeugte mich vor ihm. Er trug ein Trauergewand in weißem Leinen. Ich erinnerte mich nur an einen dick eingewickelten Jungen, der nichts konnte, als den Kopf schütteln, um sein Geheul herauszulassen. In den fünf Jahren der Trennung war er gewachsen. Ich erkannte sein Gesicht nicht wieder, das einst winzig war, purpurrot und von Falten übersät. Er überragte mich um einen Kopf. Die Kriegsübungen hatten seine Arme aufgebläht, seine Schultern gestärkt. Seine fleischigen Wangen umgaben eine beinahe hakige Nase, und er musterte mich mit einem feindseligen Blick. Ich lächelte ihn an. Er wölbte seine Oberlippe auf und antwortete mir mit einer furchtbaren Grimasse. Ich erschrak, Tränen stiegen mir in die Augen. Mein Bruder beobachtete mich, befriedigt von meiner Reaktion. Ich strengte mich an, um mein Weinen zurückzuhalten, und lächelte ihm erneut zu. Er wandte den Kopf ab.

Am Tag nach dem Begräbnis trennte man ihn von der Brust der Amme und brachte ihn wieder in die Gemächer meiner Mutter. Aber er entkam der Überwachung und fand zu der Amme, die in der Küche arbeitete. Sie warf die Geräte von sich und nahm ihn tränenüberströmt in die Arme. Sie versteckten sich in einem Verschlag, wo sie ihm ihr Hemd öffnete. Mein Bruder legte sich auf ihren Schoß, mit halb geschlossenen Augen griff er nach der Brust und saugte. Seine freie Hand spielte mit der anderen Brust, er döste, träumte, ließ sich vom süßen Duft der Haut einlullen.

Sie wurden entdeckt. Man ließ den Ehemann kommen, der in den Pferdeställen arbeitete, und gab ihm eine bedeutende Summe. Eines Morgens packte der Mann seine Siebensachen und nahm seine Frau mit.

Chunyi bemerkte ihr Fortsein und wurde verrückt vor Sorge. Heimlich durchsuchte er die Ställe, die Küche, die Lagerräume, drang durch das Fenster in die Kühlkammer ein, die mit schweren Schlössern gesichert war, hob die Vorhänge der Alkoven an, schüttelte die Kissen, durchforstete die Gärten. Er konnte nicht an ihr Verschwinden glauben und schwor sich, sie wiederzufinden, mochte sie auch zur Blume geworden sein, zum Schatten, zu Rauch. Ihr Geruch verfolgte ihn. Er witterte nach ihr wie ein tollwütiger Hund. Nachts wachte er auf, von Sehnsucht zerfressen.

Zum Glück vergingen die Tage; die Besessenheit verließ ihn wie ein Traum. Mein Bruder fand eine neue Zerstreuung.

Man hatte ihm erlaubt, das Haus in Begleitung der Knechte zu verlassen. Zu Pferd nahmen sie den gewundenen Weg, ritten in einem Schwung bergab. Unten zogen sich die Weiden bis an die Stelle, wo der Himmel sich biegt, um in der Unendlichkeit zu vergehen. Wenn man den Kopf hob, sah man das befestigte Haus, ein Adler auf einem felsigen Grat, der eifersüchtig über seine Ländereien wachte. Sie galoppierten. Die Welt bebte; die Steppe stürzte auf meinen Bruder ein, drang in seine Augäpfel und in seine Brust. Manchmal hielten sie, denn Reiter in fremdartiger, schmieriger Kleidung näherten sich. Sie ließen sie herankommen und von ihren Pferden springen. Mein Bruder hörte erstaunt, wie sie »Junger Herr« zu ihm sagten. Er beobachtete aus dem Augenwinkel diese Wilden, die ihn ehrerbietig grüßten.

Eines Tages beschrieb der Aufseher, der ihn begleitete, mit dem Arm einen großen Kreis:

»Junger Herr«, sagte er ihm, »diese Berge, diese Länder und dieses Vieh gehören Euch. Diese Leute sind Eure Leibeigenen.«

Der Blick meines Bruders folgte der Bewegung des Aufsehers und glitt von Gipfel zu Gipfel, bis er auf der Steppe hängenblieb, auf der der Wind eine breite Furche geformt hatte. Er hustete, wollte einen feierlichen Satz sagen. Aber nichts kam ihm in den Sinn. Plötzlich hörte man ein Flügelrauschen: Ein Kranich flog über den Himmel.

»Weißer Kranich, her zu mir!« schrie mein Bruder freudig auf und machte sich daran, ihn zu verfolgen.

Seit dem Tod von Großmutter fühlte mein Bruder sich als Waise. Sein Unbehagen wurde unbezähmbar, wenn man ihn vor Mutter führte. Anders als Großmutter, die dem Indigoblau ergeben war, kleidete sie sich in schöne Stoffe von Seide und Brokat. Ihr Haar war schwarz und mit Zimtbaumöl geglättet. Ein Phönix mit einer dicken Perle im Schnabel schmückte ihren Knoten. Mein Bruder betrachtete sie mit offenem Mund, hörte auf nichts und niemanden. Meine Mutter seufzte, stand auf und überließ meinen Bruder seinem

Staunen. Er rührte sich nicht. Seltsame Traurigkeit lastete ihm auf dem Herzen. Manchmal war Mutter in herzlicher Stimmung. Sie hieß ihn, neben ihr Platz zu nehmen, fragte ihn, was er gerne essen wolle, welches Spielzeug ihm Freude machen würde, und erkundigte sich nach seinen Studien. Sie strich mit ihrer Hand, die mit Ringen beschwert war, über seinen Kopf, und mein Bruder lief rot an und versteifte sich.

Der Knabe verachtete mich. Großmutter, die nie mit mir zu sprechen geruht hatte, hatte ihn den Hochmut gelehrt, männlich und der Erbe zu sein. Unterdessen beobachtete er mich heimlich. Für ihn war meine Morgentoilette eine beschämende Zeremonie, bei der eine Naima und zwei Zofen sich damit zu schaffen machten, mich zu waschen, zu frisieren und anzukleiden. Am späten Nachmittag, wenn er von einem weiten Ausritt zurückkehrte, fand er mich vor, wie ich im Schutz vor Sonne und Wind dasaß. Ich stand auf, um mit ihm zu sprechen. Ich empfand immer Freude, sobald ich ihn sah. Doch er warf mir einen verächtlichen Blick zu, der so böse war, daß ich fünf Schritte von ihm entfernt stumm stehenblieb.

Es war mir ein leichtes, mich zu rächen. Während Chunyi die mütterlichen Liebkosungen peinlich waren, überließ ich mich ihnen hingebungsvoll. Auf den Knien meiner Mutter räkelte ich mich, zerknitterte ihren Rock, spielte mit ihren Juwelen, schnupperte nach ihrem Parfum. Diese Schamlosigkeit verärgerte meinen Bruder, der sich lächerlich vorkam.

Eines Nachts weckte ich meinen Bruder mit meinen Schreien. Er richtete sich auf seinem Lager auf, öffnete die Bettvorhänge und glitt aus dem Bett. Die Naima, die in seinem Zimmer schlief, war mit den Zofen verschwunden. Neugierig geworden, drückte er die Tür auf und trat in den Hof hinaus. Schwarze Gestalten zeichneten sich vor den Fenstern der gegenüberliegenden Gemächer ab, von wo mein Weinen und Jammern drang.

Er trat an ein Fenster, benetzte einen Finger, machte ein Loch in das Reispapier und legte sein Auge davor. Was er sah, ließ ihn vor Grauen erstarren. Er sah mich auf dem Bett sitzen. Eine grün gekleidete Dienerin hielt meinen Rock geschürzt. Die Gouvernante, einst Mutters Amme, saß auf einem Hocker vor dem Bett, ihre Ärmel waren aufgekrempelt. Sie wickelte eine Bandage um meinen Fuß. Bei jeder Runde zog sie an, um sie fester zu spannen. Bis auf mein Schluchzen herrschte feierliche Stille. Im Halbdunkel erkannte mein Bruder seine Naima, eine Schere in der Hand, ein Zimmermädchen mit einer Schale Wasser, ein anderes mit einem Korb. Die lebhaften Farben ihrer Kleider schluckte da und dort die Dunkelheit. Mutter saß auf einem Stuhl und lehnte sich an die Wand, sie runzelte leicht die Brauen, wenn ich allzu heftig aufschrie.

Als die Bandagen fertig gewickelt waren, nähte die Gouvernante sie fest. Die Nadel blinkte. Mutter reichte der Gouvernante eine zweite Rolle, und sie begann meinen anderen Fuß einzuzwängen. Meine Zehen brannten, ich weinte, schlug um mich. Aber eine Naima hielt mich mit ihren Armen fest. Von Zeit zu Zeit wischte eine Magd mit einem feuchten Tuch über mein Gesicht, um meine Tränen und meinen Schweiß zu trocknen. Statt mir zu Hilfe zu kommen, stand mein Bruder jenseits des Fensters und zitterte. Der Wind pfiff durch den Garten, die Blätter raschelten. Ein Vogel gab einen heiseren Schrei ab und schwang sich in den Himmel auf. Von unbeschreiblicher Bedrängnis ergriffen, floh mein Bruder in sein Zimmer und verkroch sich unter seiner Decke.

In dieser Nacht schlief ich schlecht. Als meine Tränen versiegt waren, wimmerte ich. Die Schmerzen in meinen Füßen strahlten aus, mir juckten die Beine. Am nächsten Tag zwang man mich aufzustehen. Trotz meines Flehens mußte ich mit gebundenen Füßen laufen. Ungewohnte Ruhe durchzog den Garten. Mein Bruder lag im Fieber, sagte man mir.

Zehn Tage lang hütete er das Bett.

Mit sechs Jahren wiesen mein Bruder und ich bereits gegensätzliche Wesensarten auf. Chunyi war heftig und triebgesteuert, ich wußte meine Launen zu beherrschen, Gesichtsausdrücke zu beobachten, Erwartungen zu erraten. Mein Bruder liebte das Herrschen, ich das Gefallen. Chunyis Gesicht war eine chaotische Welt, in der die Natur noch keine Gestalt angenommen hatte. Wind, Nebel, dicke Wolken wirbelten zwischen Himmel und Erde umher. Seine Nase war zu kräftig, seine Wangen zu fleischig, die Brauen zu buschig – die Augen nichts als zwei schmale Schlitze –, als daß er Vater hätte ähneln können. Es hieß, mein Gesicht spiegele die schönsten Züge unserer erhabenen, großartigen Vorfahren wider. Sogar Vater, der so streng war und mürrisch, zeigte sich manchmal gerührt, wenn er mich ansah. Er seufzte und klagte, daß ich kein Junge war.

Unser Haus war ursprünglich ein Zufluchtsort gewesen, eine Festung, das Reich der Verbannten. Durch die Jahrhunderte bemühte sich die Familie, Pracht und Eleganz von einst wieder herzustellen. Doch in einer Region, in der die Natur Größe und Rohheit herausforderte, änderte sich der Blick meiner Vorfahren. Sie waren fern von der Hauptstadt, aus der nur selten Nachrichten zu ihnen drangen, kannten den Glanz der Vergangenheit nur aus den Porträts der Ahnen und den Legenden, die von Generation zu Generation weitergereicht wurden, und so hatten sie ihr Haus zu einer prachtvollen Zurschaustellung von Gegensätzen gemacht.

Unsere Mauern waren dick. Ihr roter Putz, auf den

im Sommer die Sonne brannte und im Winter die Brise peitschte, bröckelte stellenweise ab und legte den Blick auf schwarze Steine frei, an die sich Flechten klammerten. Unsere mit Bronzenägeln beschlagenen Tore lasteten auf Angeln, die vom Unwetter verzogen waren. Grob behauene Platten in Ocker- und Grautönen dienten als Pflaster. Unsere Bäume entbehrten jeder Anmut: Den Kiefern, Zypressen, Lärchen hatte der Wind die Äste verknotet, der Blitz die Stämme gespalten, und ihre Nadeln waren vom Regen gleich Stahlspitzen geschärft. Einem Vorfahren war es gelungen, Trauerweiden zu pflanzen. Ein halbes Jahrhundert später waren sie ausgehöhlt, niedergeschmettert, ließen ihre Erschöpfung bis auf den Boden schleifen. Aber wenn der Wind sich erhob, begannen sie in befremdlicher Begeisterung zu tanzen.

Rhododendron von der wildesten Sorte trieb, ein Trauerspiel, nur bleiche, winzige Blüten. Rosen kletterten an unseren Mauern empor. Aber ihre Blütenblätter waren matt, ihr Duft unkenntlich. So kam es, daß unsere Familie die Päonien hochachtete, die sich dem Gebirge anpaßten, ohne ihr Strahlen und ihre Noblesse zu verlieren. Neue Arten, die meine Vorfahren gezüchtet hatten, trugen die Namen der Ming-Kaiserinnen. Sie suchten uns nie zu gefallen, sondern tyrannisierten unser Leben mit ihrem plötzlichen, niederschmetternden Erblühen.

Schiefergedeckte Dächer krönten unsere bemalten Pavillons. Mit Reliefs verzierte Fenster, sichelförmige Türen zerstreuten unsere Blicke. Lange, gedeckte Stege schlängelten sich durch den Garten und verbanden die Gemächer miteinander: Sie schützen uns vor Sonne, Regen und Schnee. Zweihundert Zimmer bildeten ein Labyrinth. Um sie zu durchwandern, mußte man eine Tür öffnen, einen Vorhang anheben, eine behauene Wand durchschreiten, um eine Marmorplatte oder einen lackierten Wandschirm herumgehen, der mit Perlmutt besetzt war.

Mein Bruder ergötzte sich an der Musterung dieses düster wirkenden Anwesens. Ein Riß, ein Spalt, ein Spinnennetz, die Häßlichkeit erstaunte ihn und brachte ihn zum Träumen. Er interessierte sich für die zahlreichen unbewohnten Räume, tote Winkel, in denen sich Schatten und Staub ansammelten.

Unser Himmel ist türkis, die Sonne korallenrot. Aber das schöne Wetter des Gebirges wechselt mit den Stürmen ab. Mein Bruder fürchtete das Grollen der Erde, das Bersten des Donners, aber er liebte diese einmaligen Momente vor dem Gewitter, in denen der Himmel totenbleich blieb und die Nebelbänke sich durch das Tal wälzten. Oben, auf dem Gipfel des Berges, schien ein grünliches Licht auf die Dächer und kroch durch den Garten, in dem die Schatten verwischten. Unbeschreibliche Unruhe drang von den Baumwipfeln herab, verschlang die in Seide gekleideten Dienerinnen, jagte die Insekten in die Knospen, in denen sie sich versteckten.

Mein Bruder verabscheute die Festtage, an denen das Haus aus seinem Trübsinn erwachte. Die Vorbereitungen dauerten mehrere Tage, je nachdem, wie aufwendig die Bräuche waren. Man putzte die Gemächer, hängte in den Wohnräumen Laternen auf und deckte Tische ein. Stimmen summten, Kleider schwangen umher, Lachen perlte von einem Raum zum anderen und breitete sich im Garten aus. Gold, Silber, Edelsteine und Stoffe begannen zu schillern, Zierrat sah plötzlich wertvoll aus, Gemälde und Kalligraphien großer Meister hingen an den Wänden. Mein Bruder ging umher, ganz steif in seinem neuen Gewand und ohne Lust im Herzen. Er schlich in die Küche, wo Gemüse geschält, Hühner erwürgt, Kaninchen ausgeblutet, Fasane gerupft und manchmal ein Schwein geschlachtet wurde. Das schäumende Blut verschreckte ihn. Die Köche warfen ihm angesichts seiner Blässe Sticheleien zu, die Hände tief in die Eingeweide des Tieres versenkt. Mein Bruder bebte. Er wollte den Blick abwenden, aber eine seltsame Faszination hielt ihn zurück. Noch ganz benommen wurde er vor die Gäste geführt, örtliche Würdenträger, die dickbauchig waren, langweilig und mit Juwelen behängt. Unter Vaters Überwachung war er gezwungen, mit ihnen Konversation zu treiben. Man befragte ihn zu seinen Studien, Stimmen kläfften, sprachen über Geschichte, Dichtung, vom Reisen, von den Vorkommnissen. Er fühlte sich von diesen Leuten durch einen maßlosen Abstand getrennt und rief sich lieber die blutüberströmten Borsten ins Gedächtnis, die verdrehten Augen und das rosige Fleisch, das auf einen Schlag purpurrot geworden war.

Wegen der Verachtung meines Bruders hatte ich keine andere Begleitung als die von traurigen Dienerinnen, und so führte ich ein einsames Leben. Mein größtes Vergnügen war es, mit in den Nacken gelegtem Kopf durch die Gemächer zu irren. Von einem Raum zum anderen bedeckten Fresken die Deckenbalken. Ich versuchte, darin Gestalten aus den Legenden zu erkennen, Helden der Geschichte, phantastische Tiere.

Ich ging, unter einem Baum zu träumen. Manchmal türmten sich plötzlich Wolken von blendender Weiße am Himmel auf und bildeten ein Gebirge. Die Strahlen der Sonne waren violett, grau und blau, sie umgaben den Dunst, gruben Täler hinein, meißelten Wände, schnitten Zinnen heraus. Was ist in den Wolken? Die Legende erzählte, sie trügen auf ihrem Rücken ein himmlisches Reich, in dem die Unsterblichen, Herren der Paläste, ein sorgloses, vergnügliches Leben führten.

Ich erwartete ungeduldig die Festtage, die langsam dahinfließende Zeit war mir eine Qual. Weihrauch,

Feuerwerk, bemalte Laternen, ausgesuchte Speisen, reich bestickte Gewänder, prachtvolle Rituale offenbarten mir die Existenz der unsichtbaren Geister.

Warum wandeln sich die Jahreszeiten? Das Neujahr ruft Kälte herbei und Schnee. Beim Yuan-Xiao-Fest bläst der Nordwind, die Laternen zittern und werfen ihr schwaches Licht auf die Eiszapfen. Zu Qing Ming ist der Schnee da, von der Sonne geschwärzt. Man hört verhohlenes Plätschern, Wassertropfen, die von den Bäumen fallen und auf die Dächer klopfen. Zu Duan Wu, dem fünften Tag im fünften Monat, bereiten wir Kuchen aus Reismehl, die in Bambusblätter gehüllt werden, und winden farbige Schnüre um unsere Arme, um die Dämonen zu täuschen, die die Krankheiten säen. Am Tag nach dem Fest kommt der Frühling in die Berge. Die weißen Kraniche kehren aus den fernen Ländern zurück und ziehen mit kraftvollem Flügelschlag über den Himmel. Warum werden die Tage länger? Warum wird die Luft dicker? Die Bäume atmen, wiegen sich, recken sich und streben dem Himmel zu; die Bienen mit dem glänzenden Bauch lassen ihre silberbeschlagenen Flügel beben. Wer gibt ihnen die Lust, den Honig zu bereiten? Ein Schmetterling steigt den steilen Berg hinan und flattert unter den Bäumen. Welche göttliche Hand hat seine Anmut entworfen? Der Sommer vergeht, das Mondfest ruft den Herbst herbei. Das Gestirn, glatt und rund, erhellt den Wald, der sich eben zu lichten begann. Man unterscheidet das Rot in den Bäumen, das Gelb in den Büschen, Weintrauben unter der Laube mit dichtem Blattwerk. Das befestigte Haus neigt seine Dächer, auf denen granitene Raubvögel hocken. Ihr, meine Freunde, die ihr über unsere ruhigen Nächte wacht, habt ihr die Berggötter vorbeihuschen sehen? Der Herbst weicht am neunten Tag des neunten Mondes, zum Chong Yang-Fest. Man läßt Chrysanthementöpfe kommen, und der feuchtschwere Duft, die klirrende Luft künden vom Schnee. Winter, wohin warst du gezogen? Von wo kehrst du zurück?

An den Festtagen saß ich am Tisch der Frauen, der in den inneren Gemächern gedeckt wurde. Die Gäste sah ich nur bei der Vorführung. Im Garten hatten die Vorfahren – in der Tradition der wohlhabenden Familien – einen Pavillon errichtet, der für die Oper bestimmt war. Ein Teich trennte die weiblichen und männlichen Gäste, und der Wind trug mir vom anderen Ufer die Unterhaltung herüber. Man sprach von fernen, geheimnisvollen Städten mit fremden Sitten. Man sprach auch von Gespenstern, Geistern, weißen Männern mit farbigen Augen.

Der Name Peking war oft zu hören. Es war die Stadt der zehntausend Strahlen. Wo nur lag Peking? Wie konnte man dorthin gelangen?

Wie viele Häuser gibt es? Wie viele Katzen? Wie viele junge Mädchen meinesgleichen? Von welcher Farbe ist das Pflaster? Gibt es Vögel, die in den Bäumen kichern? Und marmorne Löwen vor den Türen, die die Passanten verspotten?

Ich hatte eine alte Naima, die meine langen Haare bürstete. Sie war in einer fernen Gegend geboren, ein Waisenkind, und bewahrte in ihrer Erinnerung ein grünes Land, das von fischreichen Flüssen durchzogen war. Sie hatte ihren Mann und ihr Kind bei einer Choleraepidemie verloren, hatte ihre Heimat verlassen, sich als Zimmermädchen im Haus eines Mandarins verdingt. Sie war ihrer Herrin gefolgt, als der Herr eine neue Stelle antrat. In einem von Maultieren gezogenen Wagen saß sie zwischen Paketen und Truhen, erspähte die Welt durch einen Spalt im Vorhang. Sie gewöhnte sich an ein nebliges Klima, einen schrillen Akzent, an dunkle, feuchte Straßen, die von Händlern wimmelten. Die Zeit verging, und sie zog von Haus zu Haus. Von einer Stadt in die andere kam sie immer weiter ins Exil. Ihr Leben war ein Gleiten hin zur Kälte, zum Schweigen, zu einem harten Land, das immer noch karger wurde.

Sie hatte Tausende von Existenzen durchlebt, um meine Neugierde zu stillen. Morgens beim Aufstehen deutete sie meine Träume; abends vor dem Zubettgehen erzählte sie mir Geistergeschichten, damit ich reglos vor dem Spiegel sitzen blieb. Ihre Hände, die mich frisierten, waren groß und schartig, ihre Handgriffe langsam und unerbittlich. Manchmal hatte ich das Gefühl, daß meine Seele langgezogen, gebürstet wurde und sich gleich vom Nacken lösen, auf meinem Haar hinunterfließen würde. Ich schrie. Aber die alte Li in ihrer indigoblauen Jacke, ihre weißen Haare zu einem Knoten aufgesteckt, blieb unbeirrt, mager und ausgetrocknet, und sprach weiter:

»Unser Leben ist nur ein kurzer Übergang. Wir haben viel erlebt. Wir haben noch viele Leben zu leben.«

Sie ließ mir keine Zeit, auch nur eine Frage zu stellen, und fuhr fort:

»Unter der Erde erstreckt sich ein Reich, in das die Sonne nicht gelangen kann. Da gibt es auch Häuser, Straßen, Städte wie auf der Erde. Es ist dort immer dunkel, und im düsteren Himmel sieht man einen bleichen Mond. Dieses Land nennt man das Reich der Schatten, denn es ist den Totengeistern vorbehalten.«

»Die Totengeister, was ist das?« schrie ich eines Morgens entsetzt auf.

»Alle die, die gelebt haben und nicht mehr auf der Erde weilen. Die Welt ist in drei Kreise unterteilt. Ein erster für die Lebenden, ein zweiter für die Totengeister, ein dritter für die Himmelswesen. Die Götter wachen über alles, die Dämonen und die Füchse gehen durch diese drei Welten, wo sie sich tummeln und dem

Guten oder dem Bösen dienen. Hier auf der Erde liegt Peking, die Verbotene Stadt, wo die Menschen sich vor dem Kaiser verneigen. Dort, im Reich der Schatten, gehorcht man einem eigenen König, und seine Bleibe nennt man Hölle. Und über uns herrscht die Himmelskaiserin, die allmächtig ist.«

»Aber macht ihm die Dunkelheit nichts aus? Hat er nicht Angst? Was tut er den ganzen Tag, dieser König der Schatten?«

»Er liest in einem Buch, in dem der Tag unserer Geburt und der unseres Todes geschrieben steht. Am letzten Tag ruft er die Dämonen und schickt sie auf die Erde. Sie suchen den Verdammten auf, wo immer er sich versteckt. Sie legen ihn in Ketten und schleppen ihn in die Hölle. Der König richtet über ihn. Die Unschuldigen werden freigelassen, sie irren durch die düsteren, trostlosen Straßen. Die Bösen werden für ihre Verbrechen gestraft, die Höllenqualen reinigen sie. Wenn der Tag der Wiedergeburt kommt, legen die Dämonen uns wieder in Ketten. Wir werden ans Tor der Hölle geführt, wo ein riesiges Rad aufragt. Die Dämonen stoßen uns gewaltsam vorwärts. Wir fallen, und das Rad reißt uns in seiner nie endenden Bewegung mit. Wir erwachen in einem anderen Leben, um unser neues Schicksal zu erfüllen: als Hund, Katze, Mann, Frau, Armer, Reicher, König oder Bettler. Alles hängt ab von den Verdiensten im vorigen Leben.«

Mit aufgesperrten Augen und offenem Mund, überfordert von den Rätseln, die man mir eben enthüllt hatte, blieb ich stumm sitzen. Angesichts meiner Verwirrung empfand die Naima Li heimliche Freude, und sie ließ sich die Gelegenheit, ihr Wissen auszubreiten, nicht entgehen:

»Warum haben wir zu manchen Menschen besondere Beziehungen? Warum verschaffen manche uns Leid und machen andere uns glücklich? Warum kommen sie in unsere Welt, um gleich wieder zu gehen, um uns der Trauer und der Verzweiflung zu überlassen? Warum sind sie geboren, um unsere Eltern zu sein, unsere Geschwister, unsere Hunde, unsere Katzen oder eine Ameise, die wir zufällig unter unserer Sohle zertreten? Warum werden wir verraten, gestoßen, geliebt und geopfert? Das ist die Verstrickung des Karma! Durch die unendlich wiederholten Leben streben die Seelen nach der Befreiung von ihren vorigen Leben.«

Die Wangen der alten Li nahmen Farbe an, ihre Augen glänzten. In ihrem ganzen vergehenden Leben hatte sie zu den Göttern gebetet, die Schamanen befragt, die Totengeister angerufen, um sich von dieser Kette zu befreien.

Ich fragte sie schüchtern, ob ich ein anderes Mal ein Vogel sein könnte. Sie lächelte und antwortete nicht.

»Ein Schmetterling, eine Libelle!« rief ich aus. Die

Vorstellung, ich hätte Flügel und könnte frei über den Himmel schweben, verzückte mich.

Plötzlich wandelte meine Freude sich in Furcht. Wenn ich ein Schmetterling wäre, wo wäre dann meine Mutter? fragte ich Li. Wäre sie eine Schmetterlingsmama? War das möglich? Vielleicht war sie in jenem Leben ja eine Prinzessin, ein Vogel, ein Baum? Sie kannte mich nicht und liebte mich nicht. Und mein Vater? Und mein Bruder? Und meine Vorfahren, wer waren sie? Warum mußte man sie verehren? Wenn doch alle diese Beziehungen vergänglich waren.

»Beten, mein Kind, und das Schicksal annehmen, das uns zugeteilt ist.«

Aber ich hörte ihr nicht mehr zu. Ich sah unseren Opernpavillon wieder vor mir, wo manche Sänger sich schminkten, andere schon auf der Bühne standen und wieder andere auf dem Boden sitzend warteten, bis sie an der Reihe waren. Grenzenlose Einsamkeit überkam mich.

Wer war ich?

Ich stieg vom Stuhl und ließ mich ankleiden, als ich meinen Bruder entdeckte, der vom Fenster aus nach mir spähte. Er wollte sich davonmachen, aber ich hielt ihn fest.

»Chunyi, du hast alles gehört! Ich war ein Schmetterling und konnte fliegen!«

Er grinste und verschwand hinter einem Baum.

Ich ärgerte mich über diese Gleichgültigkeit und schwor mir, ihn zu verfolgen, bis ich in einem neuen Leben sein Folterknecht wäre.

Dann machte ich mich auf in die Gemächer meiner Mutter, um den Morgenreis einzunehmen. Es war die Zeit, in der die Knochen meiner Zehen gebrochen worden waren, so daß meine gebundenen Füße begannen, blau anzulaufen, zu bluten, abzusterben. Aber ich mußte laufen. Der Schmerz war so stechend, daß ich weinte.

An diesem Morgen schien Mutter besorgt. Als sie mich auf sie zustolpern sah, seufzte sie und nahm mich in die Arme.

»Arme Kleine«, murmelte sie. »Als man mir die Füße schnürte, ließ Mutter Steine über meine Zehen rollen, damit die Knochen schneller brachen. Wir haben keine Wahl. Hättest du nicht hübsch gebundene Füße, könnte ich dir keine gute Partie finden.«

Mutter duftete nach weißem Moschus. Ihre sanften Worte waren ein wohltuender Balsam, der mein Leiden linderte.

Als unser morgendlicher Reis gegessen war, ließ Mutter abservieren. Vor ihr wurde Tusche zurechtgelegt, Papiere, Rechenbücher, eine hölzerne Rechenmaschine, und es wurden die Aufseher gemeldet, die Buchhalter und Gouvernanten, die ihre Audienz erwarteten.

Seit meine Füße gebunden wurden, behielt Mutter

mich zu meinem Trost bei sich, wenn sie die Angelegenheiten der Familie regelte. Ich saß auf meinem Stuhl und zeichnete mit einem Pinsel. Ich mochte diesen besonderen Augenblick, in dem die Stille des frühen Morgens herrschte. Mutter hatte von ihrem Vater einen außerordentlichen Geschäftssinn geerbt. Sie wußte die Haushaltskasse zu führen. Sie rechnete, überlegte, gab sanft, aber bestimmt Anweisungen. Sie benutzte einfache Worte, um Gehorsam zu erlangen. Wer Fehler begangen hatte, wurde bis ins kleinste ausgefragt und mußte ausführlich Rechenschaft ablegen. Wer log, wurde bleich, denn wenn Mutters Blick auf ihm lag, las sie in seinen Gedanken.

An jenem Morgen wollte ich, sobald der Aufseher gegangen war, Mutter eben schwören lassen, daß sie auch in einem nächsten Leben noch Mutter wäre, als Vater uns einen Besuch abstattete. Sobald ich ihn eintreten sah, verstummte ich. Ich verneigte mich vor ihm und schlüpfte in ein benachbartes Zimmer.

Sogleich hörte ich Vater murren. Er klagte über die Hitze, über das Licht, das ihn blendete, über den Wind, der unter sein Gewand drang, über die Diener, die sich ihm widersetzten.

»Ihr solltet weniger rauchen«, antwortete ihm Mutter in ihrem ruhigen Ton. »Das schwächt Eure Gesundheit.«

Mein Vater brach in gezwungenes Lachen aus.

»Blödsinn«, sagte er, »Blödsinn!«

»Ihr seid in letzter Zeit sehr mager geworden«, legte meine Mutter nach. »Ich habe sagen hören, daß in Guangdong vor ein paar Jahren die Rauchsalons geschlossen und das ganze Opium beschlagnahmt und öffentlich verbrannt wurde. Ihr seht, seine schädliche Wirkung ist bei jedermann bekannt.«

Ich hörte Vater lauter werden:

»Sei still, sei still, blöde Frau, misch dich nicht in meine Angelegenheiten ein.«

Mein Vater hielt inne, mäßigte den Ton, um seinen Zorn zu bezwingen:

»Das Leben ist ein träger Strom, in dem alles dahinfließt und nichts bleibt. Alles flieht, verdampft, verschwindet. Man kann hier ein Gott werden, wenn man dem Lauf der Welt folgt, wenn man sich an nichts hängt und wenn man den Tod nicht fürchtet. Das Opium ist Träger des Geistes. Es läßt uns die vergänglichen Momente durchqueren und in Gemeinschaft mit der Ewigkeit treten.«

Meine Mutter blieb zunächst schweigsam, dann sagte sie:

»Nach meiner bescheidenen Meinung durchdringt uns die Gegenwart, wenn wir die Ahnen ehren und unsere Abkömmlinge Demut lehren, Respekt, Selbstlosigkeit.«

Lärm von berstendem Porzellan.

Mein Vater schrie:

»Abkömmlinge? Ich habe nun leider nur einen unwürdigen, unfähigen Sohn. Du verstehst noch immer nicht, daß es mit dem Ruhm der Familie vorüber ist. Nichts dauert an, und nichts hat je angedauert. Heute bleibt mir noch ein befestigtes Haus, morgen wird es nur noch ein Haufen verfallener Steine sein. Sinnlos, sinnlos ...« Er ging. Ich hörte noch mehrmals das Wort »sinnlos« nachklingen.

Vom ersten Zug an dämmert der Opiumraucher in einen Abgrund, in dem Hitze und Schatten ihm als Leichentuch dienen. Dann plötzlich Leichtigkeit, Stille ... Endlosigkeit. Der Geist löst sich vom Körper und gleitet in eine Höhe, in der Gegenwart, Vergangenheit und Zukunft verschweißt sind, verschmelzen. Auf seinem Opiumlager döste mein Vater, träumte, betrachtete das Leben wie ein Gemälde und musterte dessen nichtigste Annehmlichkeiten. Er meditierte über die Leere unserer Welt.

Wenn am Ende der Reise ins Land der Götter die Wirkung der Droge nachließ, fand Vater in die Wirklichkeit zurück. Er öffnete die Augen. Die Opiumpfeife im Glanz eines schwachen Lichts sah aus wie das aufgerissene Maul eines Ungeheuers. Er stand auf und rief nach seinen Leuten, die nicht kamen. Er ging ein paar Schritte und schob die Tür auf. Die Sonne übergoß ihn mit den hartnäckigen Sorgen eines irdischen Lebens.

Sogleich nach der Geburt meines Vaters hatte Großvater die Burg verlassen und war verschwunden. Die einen erzählten, er habe sich zum katholischen Glauben bekehrt, die anderen sagten, er sei ein Anführer der Boxer geworden und schnitt den ausländischen Teufeln den Kopf ab.

Mein Vater war ein schwächliches Kind; er wurde bei den Frauen aufgezogen. Er träumte davon, General zu werden. Aber mein Großvater, den er verehrte, kam nicht wieder, um ihn mit in die Welt hinauszunehmen. In seiner Verzweiflung wurde das Kind krank. Man steckte es ins Bett unter mehrere Seidendecken. Das ganze Jahr über heizte man die Wohnung, und man ließ Ärzte kommen, die ihm zahllose Arzneien verschrieben. Trotz des Gingsengs, der Schwalbennester, des Gelée royale, wurde der Knabe schwächer und schwächer. Er hustete, übergab sich, litt an Kopfschmerzen; er wurde übellaunig und mißhandelte die Bediensteten. Ruhm, Gefecht, Reisen, die Hauptstadt, alles löste sich hinter den bestickten Bettvorhängen in nichts auf. Wenn es schön und mild war, holte man ihn manchmal aus seinem abgedunkelten Zimmer. In seinem Bett trug man ihn in den Garten. Die Decke bis an die Nase hochgezogen, betrachtete er den Himmel. Die Vögel zogen vorüber. Mit kräftigen Flügelschlägen floh da seine Jugend dahin.

Als mein Vater an diesem Tag aus dem Rauchzimmer

trat, erinnerte er sich an diesen Erbsohn, der das Studium verabscheute und sich weigerte, die Ahnen zu ehren. Zorn packte ihn und trieb ihn zum Pavillon des Uralten Dufts.

In dieser Zeit ließ man mich am Unterricht teilnehmen, damit mein Bruder Gesellschaft hatte. Meine Zofe, der Diener meines Bruders, Chunyi und ich bildeten eine Klasse und trafen uns jeden Nachmittag in diesem rechteckigen Pavillon, den ein vergessener Vorfahre hatte errichten lassen. Um den Geist zu sammeln, waren die Mauern kahl, die Möbel schlicht und abgenutzt. Zypressen mit knotigen Ästen wiegten uns in ihrem Schatten.

Mein Bruder haßte die Untätigkeit und damit das Studium. Die zittrige Stimme des alten Präzeptors schläferte ihn ein. Manchmal summte eine Fliege durch den Raum, die ihn zum Träumen einlud. Vom Fenster aus überraschte mein Vater meinen Bruder, wie er die Seiten seines Buches zerriß, das auf dem Tisch lag, und das Papier mit seinem Speichel zu Kugeln formte, die er seinem Diener in den Nacken warf.

Mein Vater drückte die Tür auf, und wir standen alle auf, um ihn zu grüßen. Er machte uns ein Zeichen, uns zu setzen, bis auf meinem Bruder, dem er befahl niederzuknien. Gegenseitig musterten sie sich.

»Rezitiere mir den ›Ruhmreichen Vorfahren‹«, befahl Vater Chunyi.

»Oh, ruhmreicher Vorfahre!
Ewig ist deine Wohltat!
Schenk deine grenzenlose Gnade,
auf daß sie uns allen hier zuteil werde!

Ich habe die Kelche mit klarem Trank gefüllt:
Gib mir, daß meine Wünsche sich erfüllen,
und hier, hier ...«

Chunyis Gesicht lief rot an. Vergeblich suchte er die Verse, die nicht kamen. Dicke Schweißtropfen perlten über seine Wangen. Er wischte sie mit seinem schmutzigen Handrücken ab, der schwarze Spuren hinterließ. Mein Bruder kniete da, den Kopf gesenkt, den Rücken gebeugt, den Blick auf den Boden geheftet.

Plötzlich bemerkte ich in seinem Mundwinkel ein ironisches Lächeln.

In meiner Verzweiflung warf ich meinem Vater einen flehenden Blick zu, und ich sah, daß auch er ironisch lächelte.

Er ließ sich die Peitsche bringen.

Ich vertiefte mich in ein Buch. Vergeblich versuchte ich, die Wörter zu entziffern. Das Knallen der Peitsche und das hartnäckige Schweigen meines Bruders drang in meine Ohren. Ich zitterte, ich zählte wider Willen die Schläge, betete zu allen Göttern, sie mögen diese Folter beenden.

Das Schnalzen der Peitsche verstummte, und ich hörte die Stimme meines Vaters sagen: »Chunning, vielleicht kannst du mir ja den ›Ruhmreichen Vorfahren‹ aufsagen.«

Ich dachte daran, Unwissenheit vorzugeben, aus Solidarität mit meinem Bruder, der gebrochen am Boden lag. Aber mir fehlte der Mut zur Lüge. Fehlerfrei rezitierte ich das ganze Gedicht.

Am selben Abend hielt mein Bruder mich unter der Glyzinienlaube auf. Er hatte mich lange durch die Dunkelheit verfolgt und gewartet, bis ich allein war. Er musterte mich lange wie jemand, der seinen Widerschein betrachtet, seinen Schatten, seinen Blutsauger. Plötzlich packte er mich am Arm und beschimpfte mich, nannte mich Verräter, Feigling, blödsinnige Göre. Er sprach von Rache. Er sagte, nach dem Verscheiden der Eltern hätte er alle Rechte über mich und würde mich leiden lassen. Er stampfte mit den Füßen, spuckte, drohte mir mit den Fäusten. Ohne es zu merken, imitierte er Vaters Gestik. Er überragte mich um einen Kopf. Ich empfand Angst und Mitleid. Die Nacht war still, ich versuchte die Glyzinienrispen zu zählen, die über uns im Halbdunkel hingen. Die Beleidigungen verletzten mich. Ich hätte schreien können, heulen, ihm das Gesicht zerkratzen und mich davonmachen, um alles meinem Vater zu erzählen, aber man hatte mich den Repekt gelehrt und nie, mich zu verteidigen.

Ich war zu sehr Kind, um zu wissen, daß es mein Recht war, auf Beleidigungen mit Beleidigungen zu antworten. Ich verstand nicht, daß ich mich auflehnen konnte, und nur weil Chunyi der Ältere war, machte er mich nieder.

Die gleichen Szenen wiederholten sich, weil mein Bruder weiter zurückblieb, während ich aufblühte; manchmal fühlte ich mich schuldig, besser zu sein als er. Vater wurde der Erziehung seines Sohnes überdrüssig. Sein bißchen Zärtlichkeit und Zuneigung übertrug er auf mich. Er rief mich zu sich, ließ mich ein Gedicht aufsagen, das er mit geschlossenen Augen anhörte, ein Lächeln im Mundwinkel. Dann belohnte er mich mit einem freundlichen Wort, einer Liebkosung, einem Geschenk. Seine Meditationen im Rauchzimmer dehnten sich immer länger aus. Er kam nicht mehr in den Unterricht, um Chunyis Lerneifer zu überwachen. Je nach seiner Stimmung legte er dem Knaben eine schwere Bestrafung auf, für die der sich wiederum an mir rächte. Erst mein Jammern und Schluchzen brachten ihm dann Linderung. Ich verriet ihn nicht, es blieb ein Geheimnis. Die Brutalität meines Vater stieß mich ab, die meines Bruders zerknirschte nur mein Herz. Wir standen uns nahe, Chunyi und ich, obwohl er mich verachtete und auf Abstand hielt. Vater war ein Fremder in unserer Welt, schließlich hatten wir das Leben vor dem Leben geteilt.

Vater hatte sagen hören, daß die Zither die Wilden zähmen, die Sinne besänftigen und die Gottlosen zu Glauben und Tugend führen konnte. In seinem Wunsch, Chunyi auf den rechten Weg zurückzubringen, ließ er den besten Zitherspieler der Provinz Sichuan kommen. Der Greis nahm keine Schüler vom unreinen Geschlecht, aber ich flehte Mutter an, zu meinen Gunsten einzugreifen. Das Instrument, das wir zu zähmen suchten, antwortete uns mit Knirschen. Mein Bruder war zunächst begeistert von der uralten Zither, die Vater ihm gekauft hatte, aber bald verließ ihn der Ehrgeiz. Ihm fehlte der Sinn für den Rhythmus und der Durchhaltewille, vor allem als die Musikstunden ihm Stücke seiner Muße wegfraßen und ihm neue Vorhaltungen einbrachten. Obwohl ich eher literarisch als musikalisch begabt war, bezwang ich die Zither mit großem Eifer, weil Chunyi da war und ich ihn übertreffen mußte. Ich machte schnelle Fortschritte, erstaunte meinen Lehrer mit meinem Gedächtnis und meiner Fingerfertigkeit. Bald schon konnte ich fehlerfrei Melodien spielen, während die Zither meines Bruders humpelte, falsch klang und unbeseelt blieb.

Ich kannte keine besondere Freude außer der, zu glänzen. Diese Musik blieb mir verschlossen. Doch ich hörte gerne zu, wenn unser Lehrer im Anschluß an ein harmonisch verlaufenes Familienessen nach inständigen Bitten meines Vaters aufspielte. Mein Lehrer hob den Kopf, um sich zu vergewissern, daß die Nacht vom Mond erhellt wurde und daß der Garten in glasklarer Luft badete. Er verlangte eine Schale frisches Wasser, um sich die Hände zu waschen. Der Wein hatte ihm die Seele erhitzt und ihn von allem Ernst, von aller Steifheit befreit. Er setzte sich unter die riesige Kiefer, vor der sein Diener einen Tisch und die Tang-Zither aufgestellt hatte. Er zupfte an den Saiten. Der Klang war leise, aber bestimmt wie ein Flüstern im Ohr. Die Noten plätscherten dahin wie ein Bach, der um die Bäume fließt, die Felsen umstreichelt und zum Wasserfall wird. Der Wind, der durch unseren Garten zog, ließ die Blumen erschauern. Doch die Zithermelodie glitt über die Beete und befriedete ihren Aufruhr. Mein Bruder schlief mit offenem Mund. Ein geheimnisvoller Schlaf raffte ihn nieder, sobald die Musik sich erhob. Vater hielt die Augen geschlossen und meditierte. Der Klang der Zither hatte eine unsichtbare Tür geöffnet, und ich begann, die leisesten Geräusche wahrzunehmen, die die Nacht hervorbrachte: das Summen eines Insekts, das Rascheln der Blätter, das Schlagen eines Flügels. Mich überkam die Unermeßlichkeit: Gräser und Steppen wogten, ein Pferd wieherte, die Wellen schlugen, die Fische flohen durch das Wasser. Langsam verschwanden diese Geräusche wie ein Dunst, der sich lichtet. Allein die Melodie der Zither ging weiter, wurde schwächer, und der Geist, der ihr folgte, stieg allmählich hinab in abgrundtiefes Schweigen. Jetzt wurde die Musik unkenntlich, sie war ein Gespenst, das uns zum Reich der Schatten führte. Plötzlich verwandelte sie sich in einen weißen Kranich, faltete ihre Flügel auf und schwang sich in den dunklen Himmel, wo sie zu einem Fleck wurde, den das Auge nicht mehr unterscheiden konnte.

Mit zwölf Jahren bestieg mein Bruder ein großes, weißes Pferd, auf dem Rücken einen ledernen Köcher, auf den goldene Muster geprägt waren. Bei seiner ritterlichen Ausstaffierung stützten die breiten Schultern den Himmel. Sein unbedeckter Kopf streifte die Wolken. Ein maskierter Falke krallte sich in seinen rechten Arm, um den eine breite Bandage gewickelt war. Mit einer stürmischen Bewegung lenkte er sein Pferd zu einer Seitentür, die der Stallbursche offenhielt. Wie ein Pfeil raste er in eine Welt, zu der mir der Zutritt verboten war. Er kam nach Einbruch der Dunkelheit zurück, zu der Stunde, in der Vater sich oft in seinem Rauchzimmer einsperrte, um erst am Morgen wieder herauszukommen. Mein Bruder trampelte lärmend über die Stege. Man erkannte ihn am hochmütigen Stampfen seiner Schritte. Sein Gewand war zerrissen, Blätter hingen daran und eingetrocknete Schlammflecke. Er stank nach Schweiß, nach Rauch. Aber seine Augen bargen den Stolz darüber, daß er ein Land voller Geheimnisse geschaut hatte.

Die Hochebene verfolgte ihn mit ihrer Grenzenlosigkeit, ihre Bewohner hypnotisierten ihn mit ihrer Rohheit. Er jagte mit den Bediensteten, aber auch mit den mongolischen und tibetischen Knaben. Er zog sie den Kindern der chinesischen Hirten vor: wegen ihres wilden Lachens, ihrer wilden Gesänge, ihrer ungezähmten Blicke. Sie hatten ihn die Falkenjagd gelehrt, das Klettern, den Kampf mit der bloßen Faust.

Die Mauern der Familie waren eine Grenze. Wenn er sie überschritt, änderte sich sein Wesen. Seine Freude verließ ihn. Haß und Vergeblichkeit füllten ihm das Herz und vertrieben die Sorglosigkeit. Die Tyrannei des Vaters verstörte und faszinierte ihn. Er ahmte Vater nach, indem er mir brutal zusetzte. Seine Eifersucht war an ihrem Gipfel. Er fühlte sich enteignet, dazu verdammt, der Schatten zu sein, der mein Licht zum Leuchten brachte. Er hatte Angst, zu einem toten Gestirn zu werden.

Ich hatte alle klassischen Bücher studiert und Hunderte von Gedichten auswendig gelernt. Ich kannte alle Bäume, alle Märchen, die auf den Decken abgebildet waren, alle geschnitzten Ungeheuer, die auf den Dächern standen oder in die Mauern graviert waren. Und doch wechseln sich Frühjahr und Herbst ab, und niemand hatte mir dafür den Grund nennen können.

Die Jahreszeiten gingen und kamen, die Blumen welkten und erblühten neu, ich war nie einem Geist begegnet, einem Gepenst, einer Freundin. An meinem dreizehnten Geburtstag erkrankte ich.

Es war nur Atemnot. Doch ich verlor darüber den Schlaf und den Appetit. Ich wurde reizbar. Zahlreiche Ärzte waren an mein Krankenbett gekommen, keine Verschreibung half. Es war Winter, langatmig und ruhig. Ich verbrachte meine Tage am Fenster sitzend, mit den Fingern umklammerte ich einen Handwärmer in einem hermelingefütterten Muff. Es schneite, und auf dem Reispapier, das vor den Fenstern lag, zeichneten dicke Flocken ihre Schatten.

Der Frühling kam mit Verspätung. Einige blaue Krokusse brachen duch die Schneeplatten. Die Erde war feucht, tintenschwarz. Dann strahlte eines Tages die Sonne in ihrem ganzen Glanz und brachte die Bäume zum Grünen. Am nächsten Tag ließ Mutter mich nach langem Flehen nach draußen. Ich spazierte durch den Garten, blieb häufig stehen, um Atem zu schöpfen. Die Luft war warm und leicht. Aber die Welt blühte noch nicht; man hörte weder die Bienen summen noch die Kraniche rufen.

Traurig hob ich das Gesicht. Bänder von Wolken trieben dahin. Plötzlich ein klagender Schrei, gefolgt von einem Rauschen. Weiße Kraniche überquerten in einer Formation den Himmel. Sie flogen über meinen

Kopf hinweg, majestätisch und leicht. Ich folgte ihnen mit den Augen, und mir war, als flöge ich mit, bis die Gartenmauer mir den Horizont abschnitt und mich auf die Erde zurückholte. Wütend befahl ich meiner Zofe, mich auf die Schultern zu nehmen, und kletterte auf eine jahrhundertealte Zypresse. Ein kräftiger Ast war waagerecht gewachsen und reichte wie eine Brücke über die Mauerkrone. Ich hieß meine Zofe schweigen, die vor Panik jammerte, und schob mich bis an die Mauer vor. Mit geschürztem Rock setzte ich mich rittlings darauf.

Ich hob den Blick.

Zum ersten Mal sah ich mein Land. Mehrere hundert Fuß weiter unten zogen auf einer grenzenlosen Steppe Kühe, Schafe, Yaks umher wie Herden von Wolken im Wind. Links und rechts schlängelten sich Bergketten, deren Gipfel den ewigen Schnee bargen. Am Horizont glitzerte ein langgezogener See zwischen Himmel und Erde. Dorthin flogen die Kraniche; weitere Vogelschwärme, nicht größer als schwarze Flecken, zogen dort ihre Kreise.

Ich bekam Lust, mich wie sie ins Leere, in den Himmel zu werfen.

Erschüttert verbrachte ich den Rest des Tages in äußerster Erregung. Ich lachte, aß mit großem Appetit und plauderte fieberhaft. Unter meinen Drohungen hatte die Zofe geschworen, mein Geheimnis zu hüten.

Abends im Bett zogen vor meinen Augen die unglaublichen Landschaften vorüber, und ich schlief in der Seligkeit derer ein, die fortan ein Reich besaß.

Mit vierzehn Jahren überkamen Chunyi von Zeit zu Zeit Anfälle von Zuneigung zu seiner Zwillingsschwester. Er versuchte mit mir zu sprechen, mir die Waffen zu erklären, mit denen er umging, aber ihm fehlte die Geduld, er wurde wütend und verließ mich im Zorn. Er brachte mir Arme voller wilder Blumen, blauer als die Nacht, weißer als das Morgengrauen. Seine Begeisterung war so groß, daß meine Zurückhaltung ihn enttäuschte. Da warf er den Strauß über die Mauer. Ich weinte. Reumütig brach er wieder auf, um mir ein Ei oder eine hübsche Feder zu bringen.

Einmal war er durchnäßt heimgekehrt, er suchte mich im ganzen Haus, in seiner Hand eine Schale klares Wasser. Eine seltsame Pflanze trieb darin, ihre grünen Blätter sahen aus wie die Federn eines Vogels. Ein durchsichtiger Fisch schwamm darin. Mein Bruder hatte mir einen Bewohner dieses fernen Sees gebracht, den ich von der Mauerkrone aus betrachtete!

Mein Bruder und ich hatten uns versöhnt, ohne ein Wort des Friedens gesprochen zu haben. Wir meinten, unsere Welt sei zweigeteilt. Auf der einen Seite waren Mutter und wir, auf der anderen Vater und seine Konkubinen.

Sie waren zu dritt, und wir nannten sie »Mutter«.

Sie waren von einer besonderen Rasse, kleine Tiere mit spitzen Zähnen, die sich tief in ihren Bau zurückzogen. Sie waren die Angst, die Faszination, die Grausamkeit. Sie blendeten uns und verschreckten uns mit ihrer unflätigen Sprache, ihren Manieren, die ungehobelter waren als die von Mutter, aber eleganter als die der Zofen. Auf ihren Gesichtern las man Enttäuschung, Neid, Langeweile.

Die Kinder der Steppe erlangen eine frühzeitige Reife. Im Frühjahr, wenn der Sonnenuntergang die schneebedeckten Bergspitzen rosa färbte, trieben die Knaben, das Ziegenfell über den nackten Oberkörper geworfen, bedächtig die Herden nach Hause. Die Mädchen holten die Wäsche herein, die sie im Wind hatten trocknen lassen, und bereiteten das Essen. Die Knaben sangen, wenn sie vor dem Eingang zu einer Jurte vorbeikamen, in der ein junges Mädchen wohnte. Die Stimmen waren rauh, erfüllt von einem Verlangen, das den Himmel erröten ließ. Manchmal erhob sich der leidenschaftliche Gesang einer Jungfrau, die davon träumte, zur Frau zu werden. Diese Weise, ein Widerschein der Landschaft, brachte in herzzerreißenden Melodien die Freude zum Ausdruck.

In diesen Momenten spürte Chunyi, der seinen Freunden folgte, ohne den Mund aufzumachen, wie das Blut in seinen Adern warm wurde.

Die erste Konkubine war ein Jahrmarktsmädchen.

Unser Vater hatte sie wegen ihrer flinken Finger erwählt, die die Pipa spielten wie die einer Göttin; die zweite kam aus einer verarmten bürgerlichen Familie; die dritte, die schönste, die zuletzt hinzugekommene, war auf einem Tempelmarkt entdeckt worden, wo sie in einem grauen Kittel mit rasiertem Kopf um Almosen bettelte.

Mit zwanzig Jahren betörte sie das Haus mit ihrer Erscheinung, ihrer guten Laune, und bekümmerte die Herzen mit den Erzählungen über ihre Kindheit als Waise. Aber Chunyi und ich hatten Angst vor ihren bis zu den Schläfen geschlitzten Augen, in denen Augäpfel rollten, die zwei schwarzen Aalen glichen. Als Chunyi so groß war wie sie, begann dieses junge Ding – bisher hatte sie ihn ignoriert – ihn zu necken. Er floh vor ihr, aber sie suchte ihn zu verführen. Ich war empört, doch wußte ich nicht, was ich tun sollte. Ich litt im stillen.

Mein Bruder ging ihr aus dem Weg. Er schämte sich seiner Verwandlung. Seine Stimme war eines Tages geheimnisvoll gebrochen. Er krächzte, sobald er den Mund aufmachte. Jeden Monat maß er sich an einer Mauer, auf der er seine Größe verzeichnete. Sein Wachstum verunsicherte ihn und machte ihm Sorgen.

Eines Tages betrachtete er sich in meinem Spiegel und erkannte sich nicht wieder. Er hatte die runden Züge seiner Kindheit verloren und trug auf den Lippen die Andeutung eines Schnurrbarts. Seine Wangen waren hohl, seine Augen, die die schwarzen Wimpern noch unterstrichen, machten ihm angst.

Am selben Abend träumte er von einer nackten Frau. Von einem seltsamen Schuldgefühl ergriffen, versteckte er sich hinter einem Blumenbusch. Aber die junge Frau, die auf ihn zukam, erwies sich als ein Pferd. Er stand auf, wollte sie am Zügel packen und entdeckte verstört, daß dieses Tier das Gesicht der dritten Konkubine trug. Sie lächelte ihn an, reckte den Hals, um sich an ihm zu reiben, er schrie auf und erwachte.

Ich wurde schweigsam und las mehr. Mein Herz schüttete ich beim Zitherspiel aus. Ich hatte in den Gedichten die umfassende Symbolik der Natur gelernt, die für mich so ihre Unschuld verlor. Der Mond verwies auf die Einsamkeit, und die Einsamkeit auf mangelndes Verständnis; die Blumen welkten, mit ihnen floh die Zeit; Unwetter beschrieben die Grausamkeit der entfesselten Welt gegen die Schönheit. Mich bedrängte das unheilvolle Schicksal, das den gebildeten Frauen beschert blieb: Die Prinzessin Wang Zhaojun wurde von ihrem Kaiser geopfert, der sie gezwungen hatte, China zu verlassen und den König der Tataren zu heiraten; um nicht von den Feinden geschändet zu werden, hatte die schöne Kurtisane Grüne Perle sich aus dem Fenster ihres Pavillons geworfen; die Dichterin Zhu Shuzheng hatte einen Kaufmann geheiratet, der sie mißhandelte, und ihr Leben wurde in Tränen ertränkt; die Dichterin Li Qingzhao hatte eine gute Partie gemacht, doch der Krieg hatte sie ruiniert und verbannt. Sie starb in Kummer und Armut.

Ich war blaß, meine Füße waren von den Bandagen verformt und in bestickte Schuhe gezwängt. Meine Brüste rundeten sich und taten mir weh. Ich bekam meine Regel. Beim ersten Mal waren es schwärzliche Schmierstreifen. Beim zweiten Mal floß rotes Blut, und ich verstand das Jammern der Dienerinnen, die ihre »Periode« hatten. Jeden Monat fesselten mich fünf Tage lang Schwindel, Migräne, Bauchschmerzen, Schüttelfrost, Hitzewellen ans Bett.

Chunyi machte diese Krankheit neugierig, und unter dem Vorwand, er hätte mir einen Vogel und Libellen zu schenken, kam er mich ausspionieren. Ungnädig verjagte ich ihn. Die Libellen flogen und kreisten durch das Zimmer. Den Vogel warf ich aus dem Fenster, er schwang sich in den Himmel auf und verschwand. Von Melancholie ergriffen, begann ich zu schluchzen.

Die alte Dienerin war im Schlaf gestorben. Die Gerüchte sagten, daß sie ein seltsames Lächeln im Mundwinkel gehabt hatte. Eine andere war gekommen, mich zu frisieren. Sie hatte in den Gemächern meiner Mutter gearbeitet und vertraute mir an, daß man beschlossen hatte, mich zu verheiraten.

Mein Vater wollte mich gegen die Macht eintauschen, gegen Geld, Ehre, so wie alle Väter!

Meinen Kummer vergaß ich auf der Mauerkrone. Jetzt lebte ich nur noch für diese Landschaft. Meine Augen hatten sich an die Unermeßlichkeit des Raumes gewöhnt, sie wußten dem Adler im Himmel und den Reitern auf den Steppen zu folgen. Ich lauschte dem Rauschen des Windes. Ich träumte, meine Arme wären lang genug, damit ich die Erde und den Himmel an meine Brust drücken könnte.

Ein Gerücht unterrichtete uns vom Sturz des Mandschu-Reiches. Das ganze Haus war in Aufruhr. Mein Vater erwachte aus der Opiumbetäubung und sprach von einer Reise nach Peking, um sich zu vergewissern, daß diese Barbaren wirklich verjagt worden waren. Wir würden vielleicht umziehen. Ich war ungeduldig, die Hauptstadt kennenzulernen. Die Nachricht hatte die Planung meiner Heirat verzögert. Dann kamen uns andere Gerüchte zu Ohren. Es hieß, es sei eine Republik ausgerufen worden, unter der Führung eines Präsidenten, die aber sogleich untergegangen sei. Ein Kriegsherr habe den Thron bestiegen und sich zum Kaiser krönen lassen. Weiterhin wurde berichtet, daß seine Herrschaft nur hundert Tage gedauert habe und es jetzt wieder eine Republik gebe. Aber das Feuer der Feindseligkeiten hatte das Land entflammt, und die großen Raubtiere hieben sich für den Präsidentensitz gegenseitig die Köpfe ab. Dann wurden die Nachrichten verworrener. Und doch setzte sich eine Gewißheit durch: Die Kriege waren beendet, aber man wußte nicht mehr, wer der Sieger war. Zu Hause ebbte die Begeisterung ab, dann nahm das Leben seinen Lauf.

Unser sechzehnter Geburtstag wurde mit allem Pomp gefeiert. Ein Opernensemble sang drei Tage lang. Nach einer Vorstellung ließ ich die Sängerinnen zu mir kommen.

Offenbar hatte die Welt draußen sich verändert. Man kleidete sich anders! Die Frauen trugen eine Seidenjacke mit Stehkragen und Hosen mit bestickten Rändern. Das Mandschu-Kleid war in Mode. Bei den Aufreizenderen lag es eng am Körper an, legte die Arme frei. Durch einen breiten Schlitz ließ es den Blick auf die Beine fallen. In der Stadt band man nicht mehr die Füße. Es war die Rede von der öffentlichen Schule. Abends gab es Bälle in den großen Hotels. Ausländische Musik wurde dort gespielt. Die Damen kleideten sich wie die weißen Frauen: Sie trugen Perlenketten, mit Brillanten besetzte Kleider, die nur bis ans Knie reichten. Sie waren an Hals, Rücken, Armen, Brust entblößt und gepudert, und sie drehten sich, mit Satin und Seide beschuht, auf hohen Absätzen. Die Sängerinnen sprachen von Dampfschiffen, von der Eisenbahn, von Wagen ohne Pferde. Ich hörte ihren Erzählungen mit aufgesperrten Augen zu. Warum stand die Zeit bei uns so still?

»Und, habt ihr die Hauptstadt gesehen?« fragte ich sie geheimnisvoll.

Die Mädchen schüttelten den Kopf.

Peking war weit, weit weg, im Norden, im Nebel. Man mußte den Blauen Fluß überqueren, den Gelben Fluß.

Nach dem Geburtstag träumte ich davon, von zu Hause zu fliehen. Aber ich konnte nicht reiten, wußte nicht, wie ich die Berge überqueren sollte, die meine Freiheit beschränkten. Ich würde jemanden kaufen, der mich führte. Ich würde Chunyis Kleider stehlen, um mich als Knaben zu verkleiden. Ich würde seine Stiefel mit Lappen und Baumwolle ausstopfen, wie Mulan es getan hatte, um in den Krieg zu ziehen. Ich würde reisen wie Großvater, den ich nie gekannt hatte. Ich würde zu reiten lernen, das Schwert zu schwingen. Ich würde Ebene und Wüste durchqueren, die berühmten Berge durchstreifen, die Tempel besichtigen, die sich an die höchsten Gipfel klammerten, die stürmischen Fluten betrachten, die steilen Felsen, die antiken Ruinen. Ich würde in die Hauptstadt gelangen, wo ich mich in einem alten Viertel niederlassen würde. Ohne jeden politischen Ehrgeiz würde ich das Leben eines respektlosen Literaten führen. Von Zeit zu Zeit würde ich Heimweh verspüren. Dann würde ich mich gen

Westen wenden, wo die Sonne untergeht, in der Stunde, in der Vater sich in sein Rauchzimmer zurückzog und Chunyi auf dem Heimweg durch die Steppe galoppierte. Liebe, Trauer, Glückseligkeit würden mein Herz erfüllen.

War das das Leben?

Die dritte Konkubine verfolgte meinen Bruder. Wenn sein Unterricht beendet war, stieß er im Garten auf sie. Ihr Kleid stand mit den Blumen um die Schönheit im Wettstreit; der Fächer, den sie schwenkte, war ein flatternder Schmetterling. Er traf sie auch auf dem Steg, wo er ihr nicht aus dem Weg gehen konnte. Sie stützte sich auf das Geländer, hielt ihn auf. Sie machte ihm Vorhaltungen. Wie schmutzig er war! Wie schlecht gekleidet! Sein Gesicht war so sonnengegerbt wie das eines Hirten! Sie steckte sich Jasminblüten in ihren Haarknoten. Wenn sie sich Luft zufächerte, glitt der Ärmel ihres Gewandes nach hinten und legte ihr feines Handgelenk, ihren bloßen Unterarm frei. Chunyi errötete, und sie lachte hinter ihrem Fächer.

Als Chunyi seine Mutter grüßen ging, war er überrascht, sie dort vorzufinden, wie sie bereits auf einem Stuhl saß. Sie plauderte, trank ihre Schale Tee, ernst und bescheiden. Er war gezwungen, sich tief vor ihr zu verneigen, sie »Mutter« zu nennen. Bei Festmahlen oder an hohen Feiertagen, es war unerträglich, schmeichelte sie dem Vater, brachte die Mutter zum Lachen, machte mir Komplimente. Nie gönnte sie Chunyi auch nur einen einzigen Blick.

Er wurde zornig und sann auf Rache. Ihr eine tote Ratte ins Bett zu legen, war kindisch. Sich eines Nachts als Gespenst zu verkleiden, war nicht gerade originell. Ein seltsamer Gedanke kam ihm und ließ ihn bald schon nicht mehr los: sie beim Bad zu beobachten.

Er würde sie gesehen haben, nackt in ihrer Wanne, ohne daß jemand es bemerkte.

Schande auf die, deren Nacktheit erkannt war, doppelte Schande auf die dritte Konkubine, die ihre Schande nicht kennen würde. Gefallen zu sein, ohne es zu wissen, war das nicht die bitterste Erniedrigung, die eine Frau erleben konnte? Die dritte Konkubine wäre in Chunyis Augen dann nur noch eine besudelte Frau. Ihre Provokationen, ihr lautes Lachen würde dann jede Macht verlieren.

Der Plan war voll von Tollkühnheit und Aberwitz. Aber mein Bruder dachte nie wie ein gewöhnlicher Junge. Allein die gewagtesten Taten kamen ihm in den Sinn.

Die Gelegenheit bot sich an einem milden Tag. In der Küche brachte man in einem riesigen Kessel Wasser zum Sieden. Mein Bruder, der alles überwachte, erkundigte sich, und man erklärte ihm, es sei für die dritte

Konkubine bestimmt. In der Stunde der Mittagsruhe kamen zwei stämmige Dienerinnen, den Holzbottich mit dem Badewasser zu holen. Der Junge wartete, bis sie das Gemach verlassen hatten, um sich selbst auf Zehenspitzen hineinzuschleichen. Die Dienerinnen waren in ihren Zimmern beim Mittagsschlaf. Er durchquerte drei Räume, ohne jemanden anzutreffen.

Die Hitze wurde drückend. Die Luft war von einem Duft nach Sandelholz durchzogen, vermischt mit Moschusessenzen.

Er stieß auf eine geschlossene Tür. Von der anderen Seite hörte man das Plätschern des Wassers. Vorsichtig hob er den Seidenvorhang an, der den Eingang verhängte. Er hörte die Stimme der dritten Konkubine einer Zofe befehlen, ihr den Rücken abzureiben. Eben wollte er ein Loch in das Reispapier bohren, um sein Auge daranzulegen, als die dritte Konkubine genußvoll zu stöhnen begann. Ihre unregelmäßigen kleinen Schreie kratzten Chunyi auf der Haut. Er blieg reglos stehen, wie betrunken, wie toll, sterbend vor Durst, vom Fieber, und doch unfähig zu der geringsten Bewegung.

Plötzlich ein Donnerschlag. Im Laufschritt machte er sich davon. Erst als er draußen war und die frische Luft einsog, begriff er, daß er von der Wanduhr überrascht worden war, die zu läuten begonnen hatte.

Lange irrte er durch den Garten. Das Blut pochte in

seinen Schläfen, ungekanntes, unbeschreibliches Verlangen häufte sich in ihm an, aber der Sturm kam nicht zum Ausbruch. Chunyi meinte, verrückt zu werden.

Zufällig blieb er vor einer sichelförmigen Tür stehen, die auf einen blühenden Hof führte. Er erkannte das Gemach der ersten Konkubine und trat ein, um seinem Wahn zu entfliehen.

Sie war so alt wie unsere Mutter, deshalb mochte Chunyi sie gerne. Sie war geduldig, konnte zuhören. Manchmal vertraute er ihr seinen Groll an, seine Phantasien. Da sie in die Breite gegangen war, seit sie die dreißig überschritten hatte, litt sie an Beklemmungen, und Chunyi hatte Mitleid mit ihr.

Sie war eben erwacht. Eine Haarsträhne hing aus ihrer Haube und fiel ihr auf die Schulter. Chunyi sah, daß ihr Gesicht, das schöner war als gewohnt, von Güte und Sanftheit strahlte.

Sie lud ihn ein, sich in den Salon zu setzen, und bot ihm eine Schale Tee an. Sie fragte, warum er so bleich war. Er antwortete nicht.

Sie lächelte und bohrte nicht nach. Statt dessen befragte sie ihn zu seinen Studien, seinen Jagdpartien, und schlug ihm ein Go-Spiel vor. Das Spiel entspannte Chunyi. Er vergaß, was geschehen war, wurde fröhlich und redselig. Während er seine Spielsteine setzte, erzählte er ihr von seiner letzten Falkenjagd.

Die Zofen zogen sich zurück. Die Spannung des Spiels

wuchs, das Gespräch versiegte. Nur das trockene Klacken der Spielsteine durchbrach die Stille. Die erste Konkubine stützte den Kopf in die Hand, und Chunyi bemerkte, daß sie am Mittelfinger einen Achatring trug. Ihre Finger waren von makelloser Weißheit. Grübchen ergaben sich je nach der Bewegung des Fleisches. Der kleine Kragen ihrer Seidenbluse lag eng am Hals an und ließ die Rundung ihrer Schultern hervortreten. Unvermittelt stieg meinem Bruder die Hitze zu Kopf, und er legte eine Hand auf ihre Brust.

Sie erzitterte, ergriff ihn am Handgelenk und schalt ihn sanft.

Das Spiel wurde fortgesetzt. Aber Chunyi war betört, er dachte nur an dieses Fleisch, das er eben gestreift hatte. Er machte erneut die gleiche Geste, diesmal schon bestimmter. Die Wärme der Brust drang durch den dünnen Seidenstoff bis an seine Haut.

Sie stand auf, um zu gehen, aber er hielt sie zurück. Sie sagte ihm mit erstickter Stimme, er sei verrückt geworden, sie könnten entdeckt werden. Zitternd nahm er sie in die Arme.

Der Vanilleduft, den sie verströmte, war süß. Berauscht sog er ihn ein. Ihr Fleisch, das unter dem Keid wogte, war das des Glücks, der Ruhe. Es war ihm gelungen, sich lange so an ihren Hals zu hängen, bis sie sich kraftlos zurückzog.

Ich war an diesem Morgen voller Melancholie aufgestanden. Ein übler Traum hatte mich heimgesucht. Doch wie schon an andere Szenen, die mich in den letzten Tagen im Schlaf überkommen hatten, konnte ich mich an nichts erinnern. Und doch war dieser Alptraum furchtbar gewesen. Selbst als ich mein Zimmer verließ und in der strahlenden Sonne dahinlief, klopfte mein Herz noch vor Angst. Da der Präzeptor erkrankt war, hatte ich einen freien Tag. Widerwillig hob mich meine Dienerin auf die Zypresse. Rittlings auf der Mauer sitzend, schlug ich das Buch auf, das ich mitgebracht hatte. Aber ich konnte mich nicht auf meine Lektüre konzentrieren. Die Gedichte blieben stumm, Stille lastete auf mir.

Ich ließ das Buch, um die Landschaft zu betrachten.

Die Berge waren noch nicht vom Frühling geblümt. Wie sie da um den See lagen, glichen sie zwei nackten Armen, die einen Spiegel hielten.

Ein Gedicht des sechsten Dalai Lama*, das mein Vater aus dem Tibetischen hatte übersetzen lassen, kam mir in den Sinn:

»König des Todes und der Hölle,
der du den Spiegel der Taten hältst,
erlöse mich von diesem Leben
und segne mich im nächsten!«

Sogleich ärgerte ich mich, mir diese so unheilvollen Verse ins Gedächtnis gerufen zu haben. Ich nahm mein Buch wieder auf, aber ich war innerlich aufgewühlt. Ich stieg vom Baum und ging zu Mutter. Man sagte mir, es seien Stickereien geliefert worden und sie sei bei meinem Vater, um sie zu begutachten. Ich hatte keine Lust, Vater zu sehen. Aber ich hoffte, endlich den neuen Vorhang für mein Bett zu bekommen, auf den die geschicktesten Hände der Provinz neunhundertneunundneunzig Schmetterlinge hatten sticken sollen. Ungeduld und gute Laune überkamen mich. Ein herrlicher Bettvorhang sollte meine häßlichen Alpträume verjagen!

Um Vater aus dem Weg zu gehen, trat ich durch eine Hintertür in seine Gemächer. Vor dem Vorzimmer saßen die Diener auf den Stufen und hielten ein Schläfchen: Vater war also noch nicht von der Mittagsruhe erwacht. Durch die Tür des kleinen Salons schob ich mich in das Kalligraphiezimmer. Auf dem Weg um das Schlafzimmer herum bis in den Raum, in dem meine Mutter die Stickereien auf einem großen Bett ausbreiten ließ, glitt ich in die Bibliothek. Ein mit Schnitzereien verziertes, mit Büchern überladenes Regal trennte den Leseraum von den Schränken. Der sichelförmige Durchgang war mit einem Gazevorhang behängt. Ich wollte ihn eben anheben, als mich ein Hüsteln erschreckte.

In einer langsamen Bewegung hob ich einige Bücher vom Regal und erblickte den Rücken meines Vaters.

Er schrieb.

Ich wollte mich behutsam zurückziehen, als die dritte Konkubine hereinbrach wie eine Furie.

»Hoher Herr«, schrie sie mit aufgelösten Zügen. »Ihr seid betrogen! Die erste Konkubine, diese dicke Hündin, hat Euch entehrt!«

Vater blickte auf.

»Eben kam ich bei ihr vorbei. Ich wollte gerade ihre Gemächer betreten, um sie zu grüßen, als der Wind den Türvorhang hochblies, und da sah ich Chunyi in den Armen dieser ruchlosen Kreatur!«

Brüsk warf Vater seinen Pinsel hin und setzte sich auf. Erschrocken trat die dritte Konkubine einen Schritt nach hinten. Aber sofort hatte sie sich wieder in der Gewalt.

»Ah, Herr, straft sie!« stöhnte sie. Tränen drangen ihr aus den Augen. »Chunyi war in Angst und Schrekken, er wollte fort von ihr. Aber die Erste hielt ihn fest, küßte ihn, flüsterte ihm obszöne Worte zu ... Hoher Herr, man muß sie auspeitschen, sie hängen ...«

Der Stuhl meines Vaters kippte und unterbrach so den Bericht. Die Diener, vom Lärm hochgeschreckt, liefen herbei. Mein Vater ließ die erste Konkubine rufen, die ihn kurz darauf wissen ließ, sie leide an Atemnot und habe sich zu Bett gelegt.

Vater nahm Großvaters Schwert vom Haken an der Mauer, schob die dritte Konkubine aus dem Weg, die so tat, als wollte sie ihn zurückhalten. Er stürzte auf die Tür zu, als Mutter hereintrat, in der Hand einen bestickten Schal. Mein Vater stieß sie zur Seite und schrie, niemand könne ihn aufhalten. Verzweifelt befragte meine Mutter die Diener, aber niemand konnte ihr Auskunft geben. Vater überschritt die Schwelle, als meine Mutter sich auf ihn warf, um ihm das Schwert zu entwinden. Er ohrfeigte sie.

»Heute«, lachte er wie ein Besessener, »werde ich den Faden durchtrennen, der mich an diese Welt des Staubs bindet.«

Eine Grimasse auf dem Gesicht, fuhr er fort:

»Keinen Erben mehr, keine Entartung. Endlich kann ich diese Welt ruhigen Gewissens verlassen.«

Wieder stürzte sich meine Mutter auf meinen Vater. Sie hielt ihn an den Beinen fest und schrie, man solle den Herrn entwaffnen. Mein Vater bedrohte jeden, der sich ihm näherte, mit dem Tod. Mit der Schwertspitze verletzte er einen Diener.

Ich nahm den Weg, auf dem ich gekommen war, lief, so schnell meine gebundenen Füße mich trugen. Ich rannte zuerst in mein Zimmer, dann stürzte ich zu meinem Bruder. Er lag auf dem Bett, die Hände im Nacken, und träumte vor sich hin, den Blick im Himmel seines Betts verloren.

Er sah mich und fragte lächelnd, warum ich weinte.

»Um deinetwegen, du unwürdiger Sohn. Vater will dich töten.«

»Was habe ich schon wieder angestellt?« fragte er gelassen. »Der Präzeptor ist heute krank. Natürlich bin ich nicht in die Schule gegangen.«

»Er weiß alles und ich auch«, erklärte ich ihm mit einem boshaften Lachen, »du brauchst gar nichts zu erklären. Er hält jetzt gerade ein Schwert in der Hand, und Mutter versucht ihn aufzuhalten.«

Sein Gesicht erbleichte. Er richtete sich auf. Außer Atem kam sein Diener herein und flehte ihn an, sich zu verstecken.

Mein Bruder bekam es mit der Angst. In seiner Hilflosigkeit fragte er mich:

»Was soll ich tun, kleine Schwester? Was soll ich tun?«

»Ihm deinen Hals darbieten für das, was du gewagt hast.«

Lärm drang aus dem Garten herein und ließ uns beide erzittern. Ich warf ihm eine dicke Börse zu.

»Das ist mein Schmuck und das Gold, das ich als Geschenk erhalten habe. Geh, verlaß das Haus.«

Er schien verwirrt. Er hatte sichtlich nie daran gedacht, von zu Hause fortzugehen. Angewidert von seiner Feigheit, verhehlte ich ihm nicht länger meine Verachtung:

»Ein Mann muß die Seinen verlassen, um sich einen Weg in der Welt zu bahnen. Worauf wartest du Tag für Tag unter dem Dach deines Vaters? Daß du später ein Opiumraucher wirst wie er? Geh fort von hier. Das Leben ist anderswo!«

Ich reichte ihm die Hand und zog ihn vom Bett.

Verschreckt suchte mein Bruder mechanisch ein paar Kleider zusammen. Er verpackte seine Goldbarren, seinen Schmuck mit dem, den ich ihm eben gegeben hatte. Ich half ihm, ein Bündel zu schnüren, das er sich auf den Rücken band. Im Stall zäumte man sein Pferd auf. Die Dienerin, die ich in die Küche geschickt hatte, brachte uns Essen und Wasserschläuche. Mein Bruder stieg in den Sattel, und ich ließ das Tor öffnen. Er sah sich um, zögerte noch immer aufzubrechen.

Schreie klangen plötzlich aus den inneren Pavillons und rissen ihn aus seiner Lähmung.

Auf der Torschwelle stampfte das Pferd mit den Hufen. Chunyi drehte sich um:

»Wohin soll ich?« fragte er mich.

»Nach Peking, in die Hauptstadt!«

»Wann komme ich wieder?«

Aber schon warf das Pferd sich auf einen breiten Weg, der im Zickzack bergab führte.

Ich machte ein paar Schritte und übertrat meinerseits die Schwelle.

Die wilde Größe der äußeren Welt ließ mich erzittern.

»Leb wohl«, schrie ich. Tränen kamen hoch und trübten mir den Blick. »Mein Bruder, wir sehen uns wieder!«

Ich wischte mir mit dem Handrücken die Augen ab. Chunyi drehte sich noch einmal um, bald wurden das Pferd und er zu einem schwarzen Fleck, der mit dem Schatten des Tals verschmolz.

Schluchzend kehrte ich in die Gemächer zurück. Neue Angst ergriff mich: Stand es im Schicksalsbuch meines Bruders geschrieben, daß er das Heim verlassen und durch die Welt irren mußte?

Ich hätte ihm raten können, zu Freunden zu fliehen und heimzukehren, wenn Vaters Zorn verflogen wäre.

Nur durch meine Entschlossenheit hatte ich soeben die Karten des Schicksals neu aufgemischt.

Die Nacht brach herein, der Mond schien auf.

Die Berge reckten sich riesenhaft, stellten sich grinsend empor.

Auf der Flucht vor seiner Angst galoppierte Chunyi dahin.

Hin und wieder überlegte er:

Tausende von Li* trennten ihn von Peking. Die südliche Route war breit, mit Wagen befahrbar und begrünt. Man traf dort auf Karawanen, Händler, fahrende Handwerker. Marktflecken, reiche Ländereien, bevölkerte Städte folgten aufeinander. Wenn er in Chongking ein Schiff nähme, könnte er den Blauen Fluß bis in den Südosten des Landes hinabfahren, von wo aus er in den Norden reisen würde, nachdem er sich in dem sanften Klima gelabt, die weitläufigen Orte durchwandert hätte, die von alters her für die Schönheit ihrer Landschaft und ihrer Frauen berühmt waren.

Die zweite Route war kürzer. Wenn er sich nach Nordosten wandte, würde er auf den westlichen Teil des Gelben Flusses stoßen. Auf der Seidenstraße würde er die Große Mauer durchschreiten und die einstige Hauptstadt Xi'an erreichen. War erst der Fluß überquert, würde er in Richtung des Pekinger Beckens galoppieren.

Aber das Gesinde hatte ihn fortreiten sehen. Selbst wenn Chunning ihn nicht verriet, drohte manch einer unter der Folter zu gestehen, und der Tyrann würde seine getreuen Diener aussenden, um ihn in Fesseln nach Hause zu bringen.

Er mußte einen Weg nehmen, den niemand kannte. Er erinnerte sich, daß die Mongolen während einer Jagdpartie mit dem Finger auf den nördlichen Horizont gewiesen hatten. Einst, zur Zeit der großen Dürre, hatten ein paar Familien die Berge erklettert, die Wüste durchquert, um in die Steppen der Mongolei zu gelangen. Dort führte der große Tatarenweg nach Peking.

Er blieb brüsk stehen und hob den Blick. Der Himmel dehnte sich über seinem Kopf wie die Kuppel eines samtenen Zeltes. Die Sterne leuchteten auf, erloschen. Unter ihnen erkannte er die große Bärin, die in den Norden wies, und ritt in diese Richtung.

Warum Peking? Er wußte es nicht. Aber die Rufe von Chunning klangen noch in seinen Ohren, und aus Feigheit, aus Faulheit hörte er auf ihren Rat. Peking war für einen Verirrten zumindest ein Anhaltspunkt.

Als der Mond am Zenit stand, stieg Chunyi vom Pferd. Er setzte sich auf einen Felsen, hüllte sich in seinen hermelingefütterten Umhang und starrte ins Feuer. Erhitzt von der Wärme der Flammen, fühlte er sich zerbrochen vor Müdigkeit. Die Szenen des Nachmittags liefen vor seinen Augen ab, und er fragte sich, was wohl mit der ersten Konkubine geschehen war. Bevor er einschlief, erinnerte er sich an die zarten Hände der Zofen, das warme Wasser in der silbernen Schüssel, um sich das Gesicht zu waschen, an den lauen Tee, mit dem man sich den Mund ausspülte.

Die kühle Luft des Morgens weckte ihn, indem sie ihn in der Nase kitzelte.

Chunyi streckte die schweren Beine aus. Und wenn er nach Hause zurückkehrte? Sein Vater, dem die Nacht den Zorn gelindert hatte, würde ihm vielleicht vergeben. War er in der Lage, seinem einzigen Erben die Kehle durchzuschneiden? »Morgen kehre ich nach

Hause um«, versprach er sich und duckte sich zusammen. Wieder schlief er ein.

Zwei Tage lang irrte er in Richtung Norden. Der Gedanke an körperliche Züchtigung ließ ihn jedesmal erzittern, wenn er sein Pferd zurücklenken wollte.

Der Weg begann sich an das immer wildere Gebirge zu klammern. Der Schatten der Wolken streifte den Wald. Unzählige Wasserfälle, die von der Schneeschmelze herrührten, stürzten sich in die Abgründe. Am vierten Tag verschwanden die Bäume, und vor ihm ragten kahle Gipfel auf, die so scharf waren wie das Blatt einer Säge. Ihre Zähne durchtrennten die Nabelschnur des Menschen zur Erde und lieferten ihn der himmlischen Einsamkeit aus. Der Schnee war da, auf den Gipfeln, wie riesige Vögel. Die Schreie der Tiere vermischte sich mit dem Gluckern des Wassers, dem Lallen des Windes. Die Stille schwebte umher, dann kitzelte sie plötzlich den jungen Mann, der auf seinem Pferd hochschreckte.

Manchmal wusch er sich unter einem Wasserfall. Das eisige Wasser peitschte seinen Rücken, verdrehte ihm den Hals, brachte seinen Kopf zum Beben. Dann kletterte er auf einen flachen Felsen und streckte sich dort aus. Die Hitze einer ausgetrockneten Erde stieg ihm in die Seele. Über den Himmel zog mit ausgebreiteten Flügeln ein Adler. Chunyi seufzte. Das war er selbst, verloren zwischen Himmel und Erde, zwischen Leben und Tod.

Am Abend grüßte ihn der Mond zwischen zwei Gipfeln. Im Lauf der Tage wurde er runder. Rings um Chunyi errichtete die Dunkelheit eine Mauer. Das Feuer war die einzige Verbindung mit der Welt der Menschen. Sein leises Knistern war eine Herausforderung an das tosende Gebirge.

Der Weg begann in engen Kurven nach unten zu führen, und die Hitze nahm zu. Chunyi kam voran. Ihm fehlte die Kraft umzukehren, und die weiterzumachen begann ihm auszugehen. Seit langem schon hatte er aufgehört nachzudenken. Von Zeit zu Zeit schimpfte er mit seinem Pferd, das ihm genauso antwortete. Hunger und Durst waren seine einzigen Empfindungen geworden, er meinte selbst zum Tier zu werden.

Die Berge reckten ihre nackten Gipfel und ihre felsigen Rücken, die jetzt ockerfarben waren. Sträucher und Grasbüschel kletterten über die gefältelten Wände. Die Welt hatte ein unheilvolles Aussehen angenommen. Einige seltene bewaldete Hügel wurden zu einer Unmenge rundlicher Anhebungen, die von rotem Staub bedeckt waren, von grauen Steinen, auf denen schon das frische Gras gelblich gefärbt war. Das Tal wellte sich durch den Schatten, auf einer Erde, die der fieberheiße Wind weiß gebleicht hatte. Die letzten grünen Stellen verschwanden. Die Abhänge wurden flach; hinter der Biegung eines Passes erblickte Chunyi vom Rücken seines Pferdes aus ein Meer aus Sand.

Riesige Felsblöcke mit zerklüfteten Konturen reckten sich da und dort in den Himmel. Nicht ein Vogel, nicht eine Spur von Leben, zwischen dem Sand und der Leere regte sich allein der Atem der Sonne.

Der junge Mann runzelte die Brauen und stieß einen Fluch aus. Die Wüste ließ ihn träumen von dem, was jenseits lag: die Steppen, die Flüsse, die Städte, in denen Hunderte, Tausende Menschen sich zu schaffen machten. Eines Tages würde er durch diese Menge streifen und sich an diesen Moment erinnern, in dem er beschloß, dem Nichts die Stirn zu bieten.

Den Rest des Tages verbrachte er im Gebirge. Wie er es bei den Reisevorbereitungen der Mongolen beobachtet hatte, füllte er seine Schläuche mit Wasser, jagte ein Tier, das er auf dem Feuer briet und an seinen Sattel knüpfte. Er sammelte Unmengen von Flechten und Grasbüscheln für sein Pferd.

Er wanderte in der Nacht, geführt vom Großen Bären. Tagsüber hüllte er sich in seinen Hermelinmantel und flüchtete sich in den Schatten eines Felses.

Am dritten Tage – er war vom gedämpften Klingeln der Glocken erwacht – sah er fünf Schritte vor sich eine Karawane von mageren Kamelen vorbeikommen. Nomaden mit tätowierten Gesichtern, die Köpfe in schwere, verstaubte Turbane gehüllt, grüßten ihn.

Einige Mitglieder dieses Stammes sprachen stotternd das Mongolisch, das Chunyi bei seinen Spielgefährten gelernt hatte. Man lud ihn zum Tee ein. Die Frauen hinter ihren Schleiern glitten umher wie Gespenster. Man zeigte ihm den Weg in die Hochsteppen, man schenkte ihm einen Schlauch voller Milch und eine getrocknete Rehkeule. Das Klingeln entfernte sich. Die Karawane, die sich durch die schwarzen Schatten der Felsen schlängelte, wurde zu einem Streifen, dann einem Fleck, der am Horizont mit dem Himmel verschmolz.

Er hatte von den sagenhaften Königreichen entlang der Seidenstraße reden hören, die in Kriegen und Sandstürmen untergegangen waren. Eines Tages war ihm, als sich der Morgen hob, eine ausgestorbene Stadt erschienen. Er erkannte verschüttete Gassen, eingestürzte Säulengänge, zerstörte Mauern, Spitzen von in die Dünen gerammten Speeren, an denen Skelette hingen. Er kam näher. Doch plötzlich, wie ein Vorhang, der sich hebt, verwischte das Bild in der Leere, die den Himmel von der Erde trennte.

Nach einer Oase wurde der Sand zu unförmigen Kieseln, zwischen denen hie und da Buschwerk herausragte. Scharlachrote Blumen gediehen auf der kahlen Erde. Es gab Büschel von Kräutern, von der Hitze vertrocknet, vom Sand zerknittert. Der Boden bedeckte sich ganz allmählich mit Streifen von Grün. Dann, gleich einem Traum, der im Erwachen vergeht, zog die Wüste sich zurück.

Er bestieg sein Pferd.

Ein Mongolenstamm nahm ihn auf. Dann ein zweiter, ein dritter. Man entbot ihm Branntwein, Tee mit Milch, Widderfleisch, süßen Käse. Abends saß man ums Feuer, man sang und tanzte, um die irrende Seele willkommen zu heißen. Man spielte auf der Laute mit Pferdekopf und rezitierte die Sage von den Helden alter Zeiten. Die rauhen Stimmen, die hohen Gesänge ließen Chunyi erzittern. Es war die Erinnerung seiner Jugend, die hier wieder auflebte.

Er dürstete nach dem Klang der menschlichen Stimme. Er sog den Duft der Küche ein und betrank sich wie ein Mann.

Eine Mongolin liebte ihn. Dann hatte er, weit von den Jurten, in den Hügeln weitere Abenteuer. Die Frauen umwarben ihn. Sie sagten, er habe Blitze in den Augen und den Donner im Bauch. Aber sie konnten nicht den Sturm besänftigen, der unter seiner Haut wütete, die wilde Kraft, die in seinen Adern brodelte.

Meistens ritt er, ohne jemandem zu begegnen. Bei Einbruch der Nacht trieb er einen Dolch in den Boden, um sein Pferd am Zügel festzubinden. Er streckte sich auf dem Gras aus, wickelte sich in seinen Mantel. Er betrachtete den Himmel, über den gemächlich die Gestirne zogen.

Wenn er mit den Augen in die Sterne starrte, sog ihn die Tiefe des Universums auf. Der Himmel barg eine

Art von Geheimnis, das ihm die Haare zu Berge stehen ließ. Er hielt den Atem an. Das Schweigen huschte dicht über den Boden, ein wendiger Fuchs. Keuchend stand er auf. Wie sollte er sich in der ewig verschatteten Nacht gegen die unsichtbaren Götter verteidigen?

»Was weißt du schon?« tadelte ihn eines Tages ein Schamane, dem er begegnet war und der seinen Bericht angehört hatte. Es war ein alter Chinese, der bei den Mongolen lebte. Er trug eine verschmierte Kutte, sein Blick war noch immer von der Sanftheit und der Klarsicht eines Gebildeten. Wie es die Regeln der Nomaden wollten, stellte Chunyi ihm trotz seiner Neugier keine Fragen über seine Vergangenheit. Die Unterredung fand vor der Jurte statt. Die beiden Männer sprachen miteinander in reinstem Mandarin.

»Unsere Welt gleicht einem antiken Spiegel«, sagte der Unbekannte. »Auf einer Seite, unter der Verzierung von Reliefs, ist das Leben; auf der anderen, der polierten Seite, ist der Tod. Wenn die Götter uns die polierte Seite des Spiegels vorhalten, erstarren wir vor Schreck. Weil wir dort nichts als unseren eigenen Widerschein sehen. Das Leben der Seele ist ein langer Zyklus von Wiedergeburten. So werden wir in einem Leben mehrmals sterben. Hast du schon einmal gesehen, wie sich eine Schlange häutet? Um zu wachsen, müssen wir hinnehmen, daß die Götter uns erdolchen.«

»Was soll ich tun?« Chunyi blieb hartnäckig, konnte den Sinn dieser Erklärung nicht erfassen.

Der alte Chinese brummte Zaubersprüche. Vor einem Steinhäufchen verbrannte er Wolfshaar, aus dessen Asche er aufmerksam las. Seine Stimme veränderte sich, seine von den Flammen geröteten Falten zogen sich zusammen wie vom Staunen übermannt.

Er sprach diese rätselhaften Worte:

»Das Leben ist ewig, die Trennung vergänglich. Das Schicksal ist ein mächtiger Strom, laß dich mitreißen, und du wirst das Meer umarmen.«

Er betrachtete den Jungen mit seinem väterlichen Blick, und seine Stimme wurde zu einem Flüstern: »Das geliebte Wesen ist eine Perle, die am Grund der dunklen Fluten liegt. Wenn du einmal kenterst, dann wisse, daß es geschieht, damit du dieses Kleinod erreichen kannst.«

Nichts hatte die Schönheit unseres befestigten Hauses entstellen können. Der Himmel war blau, grenzenlos, und die Sonne erhellte unsere Welt weiter mit ihrer Erhabenheit. Die Bienen summten; die Bäume wiegten sich im Wind. In unserer Welt bricht die Verzweiflung herein wie ein Gewitter. Das Leben, diese verletzliche Flechte, beugt sich unter dem Regen und richtet sich beim Ruf der Sonne auf.

Vater war tot.

Er war in das Zimmer der ersten Konkubine getreten. Ohne ein Wort hatte er ihr das Schwert in den Bauch gestoßen. Sie hatte aufgeschrien und war aus dem Bett gefallen. Zusammengekrümmt, eine Hand auf der Wunde, rief sie um Hilfe, aber die Diener waren steif vor Schreck und wagten sich keinen Schritt heran. Sie hatte meinem Vater das Gesicht zugewandt, doch er drehte den Kopf weg, überwältigt vom Anblick des Blutes.

Er erinnerte sich an ihre erste Begegnung in einem Teehaus der Stadt Chengdu. Geschmeidig, lachend sang sie, während sie die Pipa zupfte. Im Saal herrschte großer Lärm. Die anzüglichen Unterhaltungen verschmolzen mit dem Klappern der Teller und den Rufen der Kellner. Sie gurrte, ihre Stimme berauschte ihn, ihre runden Augen waren schwarz wie die einer Schwalbe.

Jetzt schwamm diese dicke Frau in ihrem Blut. Mein Vater fühlte schwer ihren Blick auf sich, der mit schmerzlichen Fragen beladen war. Mit schweißbedeckter Stirn und verzerrten Lippen stieß er plötzlich ein zweites Mal mit dem Schwert zu, um seine Erinnerungen auszulöschen. Dann wischte er die Waffe mit dem Saum seines Gewandes ab, schwankte in Richtung Tür. Aber diese Tochter von fahrenden Gauklern, die schon mit vier Jahren die Kampfkunst erlernt hatte, rappelte sich hoch, warf sich auf meinen Vater, umschlang ihn und hieb den Dolch in seinen Rücken, den sie immer unter ihrer Matratze verbarg.

Als meine Mutter auf ihren gebundenen Füßen heranhumpelte, röchelten mein Vater und die erste Konkubine. Sie starben im selben Augenblick.

Nach dem Begräbnis wurde Mutter krank, denn sie konnte die Todeskrämpfe der beiden blutüberströmten Körper nicht vergessen. Ihre Geister spukten durch ihre Träume. Die erste Konkubine trug wieder ihr Jahrmarktsgewand. Hinter sich zog sie meinen Vater her, der schluchzte. Sie stritten sich, knirschten mit den Zähnen. Ihr Klagen vermischte sich mit Schreien des Hasses.

In ihrem Zorn hatte meine Mutter den Leichnam der ersten Konkubine über die Mauer geworfen. Er war von den Geiern zerhackt worden. Jetzt ließ der Klageschrei eines Vogels meiner Mutter keine Ruhe. Sie richtete sich auf ihrem Lager auf und befahl, das anmaßende Tier abzuschießen.

Während der dramatischen Ereignisse war ich die einzige, die an meinen Bruder dachte. Ich schickte die besten Reiter, ihn zu suchen. Die Tage des Wartens waren lang, voller Ungewißheit. Ich erinnerte mich wieder an seine Drohungen. Als Kind hatte er geschworen, er würde sich an mir rächen, wenn Vater nicht mehr da und er selbst der Herr wäre.

Insgeheim bereitete ich mich auf die Flucht vor. Da

ich Chunyi all meinen Besitz gegeben hatte, mußte ich meiner Mutter einige Juwelen stehlen. Ich ließ mir Reitkleidung fertigen und lernte, zu Pferd zu sitzen.

Eines Tages befahl ich den Dienern, mir das große Eingangstor zu öffnen. Man wagte nicht, sich mir zu widersetzen. Das Verbot war mit meinem Vater gestorben, die Regeln des Anstands lagen auf dem Bett meiner Mutter im Fieberwahn. Da mein Bruder so lange fortblieb, war der Befehl über das Haus mir zugefallen.

Die Torflügel schwangen krachend auf. Die Größe dieser unbekannten Welt betäubte mich. Langsam ritt ich den Berg hinab. Ich klammerte mich an die Zügel, vom Schwindel gepackt.

Mich blendeten die Farben, die Lichter, die Geräusche machten mich taub: das hohle Trappeln der Hufe, das Plätschern eines Wasserfalls, das Rollen der Steine, das Rascheln eines Asts, der über einen Felsen strich. Manchmal warfen mir die steilen Felswände das Echo meines Lachens zurück.

Ich erreichte die Steppe. Das Gras war so hoch, daß es meine Füße streifte. Mich überfiel ein Geruch nach Feuchtigkeit, nach tierischen Ausdünstungen. Ich musterte die Umgebung und begriff, daß ich vom Himmel kam und daß die Welt auf der Erde von anderen Proportionen war. Das Tal hatte seine Heiterkeit verloren. Die Erde war von den Bergen verformt, deren spitze Kämme den Himmel zerrissen. Ich sah den See nicht, der Horizont war verknotet. Beängstigend wogte das Gras, gab manchmal den Blick auf eine Herde frei, die sogleich von den grünen Wellen verschlungen wurde.

Ich ließ das Pferd mich davontragen. Es trabte voran und schien zufrieden, die Sommerluft zu atmen. Seine Schritte schreckten Kraniche hoch, die sich in den Himmel aufschwangen. Plötzlich, ohne daß ich hätte eingreifen können, fiel es in Galopp, und die Welt geriet ins Wanken.

Ich fand mich auf dem Boden wieder. Zwischen den lila Blumen hindurch erkannte ich die Himmelskuppel, über die vereinzelte Wolken glitten. Die Erde bewegte sich nicht, sprach nicht und übermittelte mir ihre Wärme.

Ich dachte an Chunyi, der zur Jagd aufbrach: Oft warf er sich auf die Erde, um sich auf dem Rücken auszustrecken. Er betrachtete den Himmel, beobachtete die Käfer, die auf die Halme kletterten, und bewunderte die vorbeifliegenden Schmetterlinge. Er dachte an nichts, sondern sog die Kraft der Erde auf.

Von diesem Tag an wurde ich, sobald ich das Haus verließ, Chunyi, betrachtete die Flucht der Vögel, und mit seinen Händen streichelte ich die Erde. Chunyi war fort, aber seine Seele, die noch im Tal weilte, weihte mich in das Geheimnis der Steppe ein.

Eines Tages nahm ich den Generalaufseher zur Seite.

Er war meine Mutter zu grüßen gekommen, die ihn aber leider nicht mehr erkannte.

»Bringt mir die Rechenbücher vom letzten Monat, morgen erwarte ich Euch im Speisesaal«, sagte ich zu ihm.

Erstaunt nickte er, sprach kein Wort.

Es war Zeit, dieses Haus in die Hand zu nehmen. Ohne die Aufsicht des Herrn begannen die Diener, Befehle zu mißachten, zu stehlen, während die beiden Konkubinen sich stritten und lauthals ihre Beschwerden äußerten.

Am nächsten Tag empfing ich den alten Li im Speisesaal, zu der Stunde, zu der meine Mutter dies zu tun pflegte. Man hatte mir Pinsel, Tusche, Papier und Rechenbrett auf dem abgedeckten Tisch zurechtgelegt. Li wurde vorstellig, ergeben, zögernd, aber seine Augen durchforschten mich. Er hatte mir von sich aus die Generalabrechnung mitgebracht. So erfuhr ich, daß dieses weitläufige Anwesen von seinem Wald und seiner Viehzucht lebte. Dazu kamen Karawanen, die zwischen China und den Ländern des Südostens umherzogen, Teeplantagen, Ländereien, auf denen abwechselnd Weizen und Reis angebaut wurden, und zwei Seidenhandlungen aus der Mitgift meiner Mutter.

In der anderen Spalte des Rechenbuchs waren sorgfältig die Ausgaben angeführt. Ich wußte nicht, daß unsere Tage Geld verschlangen wie ein Strohfeuer. Ein

Handgriff, ein Wunsch, das kleinste Puderkörnchen entsprach einer Unze Metall, das verschwand.

Als Kind hatte ich mit Mutter den morgendlichen Reis eingenommen, und ihre Arbeitsweise hatte sich mir ins Gedächtnis geprägt. Ich imitierte ihre Autorität. Aber ich war entschlossener. Von diesem Tag an fürchtete man mich, klagte insgeheim über meine Härte.

Ich war unnachgiebig, aber nicht grausam. Die Wut, die ich von meinem Vater geerbt hatte, wurde von der Sanftheit meiner Mutter gebändigt. Ich strafte die Diener, die die Unordnung im Hause genutzt hatten, um zu stehlen, und gab den Befehl, die beiden Konkubinen fortzuschicken. In ihre Räume ließ ich Goldbarren bringen.

Sie kamen in meine Gemächer und weinten. Die dritte wollte mir mehr Geld entlocken, die zweite wollte bleiben. Sie erzählten mir von ihrer Einsamkeit und dem Unglück ihrer niederen Geburt. Sie sagten, sie wüßten nicht, wo ihre Eltern lebten, sie hätten keine Familien. Ich gab keine Antwort. Ihre Klagen glichen einer Brandung, die mich in den morastigen Abgrund zu ziehen versuchte, in den sie getaucht waren.

Ich dachte an meinen Vater, zum ersten Mal seit seinem Tod. Durch die von den Tränen geröteten Augen seiner Konkubinen sah ich ihn als Mann, nicht als Vater.

Er hatte meine Mutter für Frauen vernachlässigt, die in sich Gewalt und Enttäuschung trugen. Er liebte sie und berauschte sich an ihrer Schwäche. Sie waren seine Lüge und seine Freiheit. Sie waren sein Spiegel, sein Trost.

Ohne jeden Grund packte mich, wie schon öfter, seit ich die Herrin dieses Hauses war, die Ungeduld.

»Mein Vater hat Euch mit Schmuck überhäuft, ich habe Euch genug Geld gegeben, damit Ihr bis ans Ende der Welt reisen und ein kleines Geschäft eröffnen könnt. Geht, meine Damen, hören wir auf zu diskutieren.«

Die dritte Konkubine warf sich auf mich, schrie den Namen meines Vaters, beschwor die Milde meiner Mutter und verdammte die erste Konkubine, die tot war. Ich stand auf und schob sie mit einem Arm von mir.

»Faßt mich nicht an. Verschwindet, oder ich lasse Euch mit Gewalt fortschaffen.«

Sie spuckte mich an, wälzte sich auf der Erde und schlug mit dem Kopf auf den Boden.

Plötzlich empfand ich Gleichgültigkeit für diese Frau. Es war eine Erleichterung. Als Kind hatte ich sie gefürchtet. Als junges Mädchen war ich fasziniert von ihrem Lachen, ihrem Zwinkern. Jetzt war sie nichts mehr als sie selbst, eine sinnlose Kreatur dieser Vergangenheit, der ich den Rücken gekehrt hatte.

Die Steppe endete vor dem verschatteten Hang einer Bergkette. Auf der anderen Seite erblickte man von Feldern umgebene Dörfer, im Dunst verlorene Pagoden. Ein staubiger Weg führte Chunyi bis an den ersten Weiler. Die niedrigen Strohhütten lehnten sich an eine alte Mauer, von der die Dorfbewohner Ziegel genommen hatten, um daraus ihre Mauern zu errichten. Die Platanen schüttelten ihre Blätter, die in der Sommerhitze vertrocknet waren. In Lumpen gekleidete Greise hockten an ihrer Tür und dösten in der Sonne. Um sie herum pickten Hühner. Am Ausgang des Weilers jäteten Bauern mit rasiertem Schädel, einen dünnen Zopf im Rücken, die Felder. Sie blickten auf, um Chunyi mißtrauisch zu beäugen.

Das zweite Dorf duckte sich in das ausgetrocknete Bett einer Flut des Gelben Flusses. Ein Schwarm nackter, sonnengebräunter Kinder umkreiste Chunyi. Schimpfend versuchten sie ihn vom Pferd zu ziehen.

Bei seiner Ankunft im dritten Dorf sank die Sonne eben auf den Horizont. Die Arbeiter waren von den Feldern heimgekehrt. Unter den purpurroten Wolken meditierten die Bäume über Flüchtigkeit und Ewigkeit. Ein junges Paar bot Chunyi ein Zimmer an, lehnte jede Bezahlung ab. Am frühen Morgen kündete sich der Tag mit unauffälligem Treiben an. Die Brise blies auf das Reispapier, das das Fenster bedeckte. Unter den kaum wahrnehmbaren Lauten erkannte Chunyi das

Blöken der Schafe, das Gackern der Hühner, die man eben aus ihren Käfigen geholt hatte. Allmächlich hörte er deutlich das Knarzen des Eimers, der in den Brunnen gelassen wurde, das Rascheln des Strohs, flüsternde Stimmen, das Knistern des Feuers im Herd. Der Geruch nach Essen drang in das Zimmer, während das Morgengrauen die Fenster weiß färbte.

Das vierte Dorf war von Mönchen bewohnt. Die rauchgeschwärzten Fresken bedeckten die verfallenen Tempel. Unter dem Überdach der dunklen Stege grinsten die Statuen der Bodhisattvas, sie spielten schüchtern auf der Flöte, der Pipa, und zertrampelten die Verdammten. Die Atmosphäre war schmierig. Am Fuß einer mit Blattgold überzogenen Buddhastatue griff Chunyi nach Weihrauchstäbchen. Er warf sich auf einem Kissen von gelber Seide auf die Knie, das der Eifer der Gläubigen ganz zerlöchert hatte. Er legte die Hände zusammen und schloß die Augen. Geflüsterte Gebete, gefolgt von gedämpftem Echo, durchschnitten die Stille. Es waren die Mönche, die auf sein Verlangen hin einen heiligen Text psalmodierten. Er betete. Er brauchte eine lange Weile, bis er das Vaterhaus vor sich sah. Es atmete, regte sich, und versuchte, ihn wieder zu sich zu rufen. Aber er hörte nicht länger darauf. Er war die Frucht, die von diesem uralten Baum gefallen war.

Am Ausgang des fünfzehnten Dorfes sah er in der Herberge, wo er eine Nudelsuppe mit Schaffleisch verzehrte, Fährleute vom Gelben Fluß eintreten. Ihre weiten schwarzen Hosen waren mit blauen Baumwollgürteln um die Hüften geknotet. Sie trugen weiße Jacken auf dem nackten Oberkörper; hervorspringende Adern zogen sich in furchterregenden Tätowierungen über ihre Arme. Sie sprachen nicht, tranken Reiswein und bestellten wie er Nudelsuppe mit Schaffleisch, die sie gierig hinunterschlangen. Am Ufer des Flusses begriff Chunyi, daß die Worte von der Maßlosigkeit des schlammigen Wassers verschluckt wurden.

Das Boot verließ die Anlegestelle, und das Land bot dem, der es verließ, einen endlosen Blick. Das steinige Ufer zog sich in die Länge, das Schilf zitterte im Wind. In der Ferne umarmten die Maisfelder die Weizenfelder.

Die Berge am Horizont wurden flacher, und bald schon sah man nur mehr Bäche, Schaum und Strudel. Der Himmel war von unbestimmter Farbe, über die die Wolken und die Wildgänse zogen. Der Fluß glich dem zerfurchten Gesicht eines Greises. Chunyi, der zum ersten Mal zu Wasser fuhr, übergab sich. Wie um ihn auszulachen, entfuhr der Kehle des Fährmanns ein heiseres Prusten; er begann zu singen.

Chunyi betrat die Zentralebene durch ein Tor der Großen Mauer und durchreiste Marktflecken, Städte, in denen er sein Gewand austauschte, seine Frisur aus einer verschwundenen Dynastie. Er paßte seine Aussprache an, die für Verwunderung sorgte, und vereinfachte die gewundenen Schnörkel seiner Sätze.

Der Herbst erkletterte die Berge und suchte die Klöster heim, dann stieg er hinab in die Ebene, wo die Bauern begannen, das Korn zu ernten. Endlich erreichte er Peking, die Stadt hinter den Zinnen, deren Tore offenstanden.

Es herrschte so dichter Verkehr, daß Chunyi vom Pferd absitzen mußte. Er lief in Richtung Zentrum der Stadt. Die Mandschus mit ihren Zöpfen fielen auf unter den Republikanern, die ihre Haare auf Schulterhöhe abgeschnitten hatten. Die Seidenhandlungen, die Apotheken, Lebensmittelgeschäfte, Teehäuser, Bordelle lagen Tür an Tür. Gruppen alter Frauen hockten auf der Erde und verkauften Obst, Gemüse, sie schwenkten ihre Bambusfächer, um die Fliegen zu vertreiben.

Die Straßen waren in Staub und den säuerlichen Geruch der Armut gehüllt. Die Gesichter waren gelb, verschlossen und unbeteiligt, aber man las auf ihnen eine gewisse Respektlosigkeit. Die Männer trugen schmutzige Kittel, zerknitterte Hosen, die Frauen kleine Westen über ihren Jacken. An einer Kreuzung führte ein Trupp von Gauklern Kunststücke vor, ein Affe bettelte.

Plötzlich wurde die Straße breiter. Schwarze, riesige, beängstigende Gefährte rollten und lärmten. Chunyi erkannte durch die halb heruntergelassene Scheibe das gepuderte Gesicht einer Frau oder einen Mann mit einem kleinen Schnurrbart.

Im Schatten der Zypressen auf den hohen Mauern schien das Leben friedlicher, aber auch trübsinniger. Einige Spaziergänger schwenkten Käfige mit eingesperrten Vögeln. Die Rikschafahrer hockten entlang des Gehsteigs und warteten auf Kundschaft. Sie gähnten, plauderten oder jagten in ihren zerlumpten Jacken nach Flöhen. Chunyi wagte sie nach der Lage der Verbotenen Stadt zu fragen. Einer von ihnen musterte ihn von Kopf bis Fuß, dann wies er in einer trägen Geste mit dem Finger nach Osten. In reinstem Pekinger Akzent, in dem die Zunge sich kaum rührt, in dem die Konsonanten sich in die Länge ziehen, in dem der nasale Klang die höflichen Floskeln mit einem feinen Ton der Ironie überzieht, sagte er: »Immer geradeaus, hoher Herr.«

Bald tauchte ein riesiges Tor auf, auf dem eine Pagode lag. Dutzende von Schwalben flogen in Kreisen rund um ihr lackiertes Dach und stießen laute Klageschreie aus. Aneinandergebundene Kamele lagen im Staub, und Maultiere mit Wasserkanistern auf dem Rücken kauten Heu. An die Mauer gelehnt, legte ein Blinder einem Mitglied der Karawane sein Horoskop. Ein Greis bettelte, und ein kleines Mädchen hielt ihn bei der Hand und sang mit zerbrechlicher Stimme.

Die Tore öffneten sich auf einen kurzen Tunnel, der wiederum auf eine weite Fläche mündete. Dort wurden heiße Suppen verkauft, die auf kleinen Öfen kochten, Fleischspieße, Antiquitäten, in Stapeln ausliegende Kleider, Chrysanthemensträuße, Jasmin in Töpfen oder in geflochtenen Armbändern. Man hörte Schreie, Zurufe, Feilschen, die Akzente des Nordens und des Südens vermischten sich, aber alle hatten die Pekinger Höflichkeit übernommen. Inmitten dieses Tumults sah Chunyi ein zweites Tor, das noch mächtiger war als das erste.

Es lag hinter einem breiten Graben und trug auf seinem Giebel einen imposanten Pavillon sowie auf dem Torschild eine Tafel mit der Aufschrift: »Tor des Himmlischen Friedens«.

Chunyi überschritt eine weiße Marmorbrücke mit behauenen Säulchen. Er wunderte sich, daß die mit Bronzenägeln beschlagenen Torflügel offenstanden. Er trat in einen riesigen Hof. Gegenüber erhob sich das Südtor, das von Soldaten in gelber Uniform bewacht wurde. Es erklang hohles Stampfen. Ein Trupp Soldaten kam heraus. Eines der beiden seitlichen Tore verschluckte sie.

Dann herrschte Stille. Kreischende Schwalben zogen ihre Kreise. Das Marktgeschrei eines Obsthändlers drang über die Mauer und bis hin zu Chunyi.

Die Farbe an den Türmen und Pavillons blätterte ab, von den Dächern mit aufgebogenen Rändern waren

Wasserspeier verschwunden. Unkraut wuchs in den Rissen im Pflaster. Überwältigt von Müdigkeit beugte Chunyi den Rücken, und sein Pferd am Zügel führend, ging auch er durch ein Seitentor auf die Suche nach einer Herberge. Morgen, ja, morgen vielleicht würde er wissen, was in der Stadt seiner Vorfahren aus ihm werden sollte.

Mutter war tot, endlich befreit von dem Schwachsinn, der in ihr gewohnt hatte. Ich hatte geweint, aber am Grunde meiner Trauer fand ich eine Art von Glück. Mutter war mir näher. Sie war in mein Innerstes getreten, in meinen Atem. Sie war ins Unsichtbare aufgefahren.

Aber dieses Gefühl schwand mit der Zeit. Ich begann zu zweifeln, litt daran, daß sie mich verlassen hatte. Ich fragte mich, ob es Gespenster gab, ob die Geister ein Herz hatten, ob die Götter über die Menschen wachten. Von Zeit zu Zeit packte mich ein Gefühl der Leere und der Endlosigkeit. Ich zog mich hastig um, ritt in einem Zug den Berg hinunter und galoppierte bis an den See, wo das klare Wasser glitzerte, dieser unermeßliche Spiegel meiner Seele. Und ich begann zu schluchzen.

Mutter erschien eines Abends, bekleidet mit dem violetten Rock, den ich als Kind so liebte. Sie sprach lange von dem Schicksal, das meinem Bruder und mir harrte, von der Zukunft dieses Hauses, von unseren Nachkommen.

Als ich erwachte, verließen mich ihre Worte, von denen ich meinte, sie hätten sich mir tief ins Gedächtnis geprägt, sie flogen auf wie ein Schwarm von Vögeln.

Aber das Gebirge, die Steppe und der See waren da, treu und unerschütterlich. Ich hatte zu jagen gelernt und den Falken meines Bruders adoptiert. Meine Haut war von den langen Aufenthalten in der Sonne gebräunt und meine Hände von der Sehne des Bogens mit Hornhäuten überzogen.

Ich setzte mich auf die Mauerkrone, der Unendlichkeit gegenüber. Ich schloß die Augen und konzentrierte mich, suchte den Gedanken meines Bruders in den Tausenden von Botschaften, die der Wind mit sich trug. Schreie, Weinen, Lachen, Liebesgeflüster, das Rauschen der Flüsse, Millionen, Milliarden von Seelen schienen auf und erloschen wie die Sterne im Meer des Lebens. Aber mein Bruder war verstummt. Er war mit der Erde verschmolzen, lebte ein neues Leben.

An meinem seidenen Gürtel trug ich die Schlüssel der Tore, der Geldschränke. Streng verwaltete ich die Güter, um das strahlende Bild unserer Familie zu erhalten, um ihren Verfall hinauszuzögern. Ich war die letzte Kriegerin und verteidigte das Heiligtum meiner verschiedenen Vorfahren.

Rund um mich der Wind, der Schnee, die Stille und das Brummen der Steppe.

Nur selten erreichten Nachrichten aus Peking das Gebirge: Kriege wurden vorbereitet; es gab Proteste gegen die Regierung; die Polizei massakrierte die Studenten; dann Warten, Ungewißheit.

Ich heiratete einen Mann, den ich selbst erwählt hatte. Ich wurde schwanger. Das Leben keimte in mir. Es wirbelte; dann beruhigte es sich. Ich trug in meinem Fleisch einen See, ein Meer. Ich war zur Himmelskuppel geworden.

Eines Nachts erwachte das kleine Wesen und schreckte hoch. Es bäumte sich auf, wölbte sich. Am nächsten Morgen gebar ich einen Knaben. Man zeigte ihn mir. Runzelig, vom Blut beschmiert, weinte er.

三

Gegen sechs Uhr morgens jagte der Wind die Wolken.

Auf der Straße herrschte tosendes Stimmengewirr. Die Akkordeons leierten im Trommelwirbel ihre ewiggleichen Melodien herunter. Gesänge erhoben sich, verstummten, Beifallklatschen rauschte. Eine Stimme, verstärkt von einem Megaphon, knatterte heraus: »Die Revolution ist das höchste Ziel! Willkommen all denen, die die Revolution wollen! Zum Teufel mit allen, die sie nicht wollen!«

In jenem Jahr 1966, als die großen Ereignisse in dichter Folge hereinstürzten, war ich sechzehn Jahre alt. Schwarzer Flaum war auf meiner Oberlippe gewachsen. In meinem Herzen trug ich das maßlose Leid des Jugendlichen, der zum Mann werden wollte.

Mich überkam die Melancholie, vermischt mit einem Gefühl des Schwindels. Die Leere im Herzen, eine Lähmung auf der Seele, ging ich auf den Ruinen des Frühlingspalasts spazieren. Die Zukunft interessierte mich nicht, ich erinnerte mich nicht an meine Kindheit, meine einzige Sorge war die schmerzende Frage: »Wer bin ich?«

An jenem schönen Sommermorgen geschah ein Wunder.

Vom Lärm angelockt, fuhr ich mit dem Fahrrad von zu Hause fort. An der Zhong-Guancun-Kreuzung traf ich auf Studenten der Qinghua-Universität, die von ihrem Campus kamen. Sie trugen grüne Militäruniformen mit dem Bildnis Mao Zedongs auf der Brust und einer purpurnen Armbinde am rechten Oberarm, und fahnenschwenkend hielten sie ein zehn Meter breites Spruchband hoch, das man aus zwei Vorhängen in einem Hörsaal gefertigt hatte. Darauf war zu lesen: »LANG LEBE DER GROSSE VORSITZENDE MAO«.

Ich ließ mein Fahrrad auf dem Gehsteig und gesellte mich zu der Menge. Da niemand merkte, wie ich mich dazustahl, holte ich das Kleine rote Buch aus der Tasche und begann auszuschreiten.

Von der Neugier angestachelt, lief ich schneller als die anderen. Bald schon gelangte ich zu einer weiteren Gruppe Studenten, lauter Kinder von Bauern, Arbeitern, kleinen Angestellten. Sie waren weniger protzig gekleidet. Sie trugen zerknitterte blaue Hosen: Seit einem Jahr war die militärgrüne Kombination ein Luxusgut, das Symbol eines Privilegs. Ihre Armbinden hatten nicht die offizielle Breite. Sie waren von Hand genäht und in voller Inbrunst rot gefärbt worden. Die Stimmung war herzlich, diese Leute sprühten vor Fröhlichkeit. Ein Mädchen, fast noch ein Kind, wurde in einem Anhänger von einem Lastfahrrad gezogen und spielte mit schwindelerregender Virtuosität auf dem Akkordeon. Rund um sie tanzte das Konterfei des Großen Vorsitzenden. Ein junger Riese mit kurzgeschorenen Haaren führte die Gruppe an. Er trug eine Jacke in verwaschenem Blau, die an den Ellbogen geflickt war. Mit dem Megaphon vor dem Mund rezitierte er die Verse des Großen Vorsitzenden Mao:

»Allein; steh im kalten Herbst:
Hsiang, der nordwärts fließt,
Orangeninsel, das Kap.
Seh zehntausend Berge, rotes Rund,
Sich türmenden Wald, verfärbt;
Breit der Fluß, Jadeschein,
Hundert Boote auf Wettfahrt.
Adler stoßen hoch in den Raum,
Fische schweben am seichten Grund –
Zehntausend Arten, unterm Frosthimmel streitend
für Freiheit.

Verdrossen der Öde,
Frag ich die blaue Weite, die große Erde:
Wer meistert das Auf und Ab?«

Im Rhythmus dieser herrlichen Verse erhob sich die Sonne hinter den Bäumen und goß das Meer ihres Lichts über uns aus. Vorwärtsgeschoben von den Studenten, die die Karikaturen der Volksfeinde an die Mauern und Laternenpfosten kleben wollten, betrat ich in der Prozession die Peking-Universität, in der der Krieg toste.

Zwei Truppen marschierten Seite an Seite, sie warfen sich ironische Bannsprüche zu, schmetterten einander mit Blicken nieder. Plötzlich kam Gemurmel auf, und zwei junge Mädchen erhoben sich auf den Schultern ihrer Kommilitonen über die Menge, einander gegenüber. Unter ihrer Leitung erschallten Hymnen der Revolution. Im einen Lager sang man aus voller Kehle »Der Osten ist rot«, das andere stimmte an: »Zum Segeln brauchen wir einen Steuermann«. Dann schmetterte das erste plötzlich einstimmig »Vorwärts! Vorwärts! Unsere Truppe marschiert der Sonne entgegen«, worauf das andere antwortete: »Der rote Stern strahlt ...«

Unter dem Banner der Volksuniversität fand ich Frieden. Zwei Studenten packten mich am Arm. Seite an Seite formierten sich hundert junge Leute, wir sangen die Gedichte des Großen Vorsitzenden. Meine Stimme ertrank im tosenden Chor. Ich hörte mich nicht, aber die Worte ließen meinen Kopf vibrieren und wärmten mir den Bauch.

Dies war das verzauberte Ideal: Wir wollen ein blühendes China, ein glückliches Volk, zufriedenes Lächeln auf den Lippen der Arbeiterklasse, Kinder, die aussehen wie Sträuße von Blumen.

Plötzlich herrschte Schweigen, eine Rede erschallte. Ganz deutlich verbreitete ein Megaphon eine weiche, klare Stimme:

»Genossen, wir leben in einer Zeit sehr großer Reinheit. Acht Jahre Krieg gegen die Japaner und vier Jahre Kampf gegen die Guomintang haben das Land zugrunde gerichtet und unsere Kultur vernichtet. Unsere Generation ist mit der Volksrepublik geboren, wir kennen weder Sklaverei noch Schreckensherrschaft. Wir haben gelernt, das Gute vom Bösen zu unterscheiden, das Schöne vom Häßlichen, den Feigen vom Helden, wir wissen, daß unsere Zukunft ein Opfer für den Wiederaufbau des Landes sein wird. Aber uns fehlt die Erfahrung, und wir dürsten nach Prüfungen wie der Stahl nach der roten Glut im Hochofen.

Wir, die Studenten, sind getragen von dem Wunsch, die Gesellschaft zu verbessern. Gestern noch wollten wir Physiker werden, Lehrer, Bibliothekare, um unserem Land unser Wissen darzubringen. Heute hat unser geliebter Großer Vorsitzende gesagt: ›Man muß alles in Frage stellen; man muß alles vernichten.‹ ›Alles in Frage stellen‹, das heißt, sein eigenes Urteil fällen, die Verachtung wagen, auf seine Triebe vertrauen, auf die Jugend vertrauen. In der Maxime ›man muß alles vernichten‹ enthüllt der Große Steuermann uns unseren Auftrag und zeigt uns den Weg, den wir zu gehen haben: die Revolution.

Das heißt, sich Gewalt antun, in sich selbst den letzten Rest etablierter Prinzipien ausmerzen und dann eine alte Gesellschaft mit all ihrer Verderbnis umstürzen.

Weiter hat der Große Vorsitzende gesagt: ›Die Repräsentanten der Obrigkeit sind bürgerlich geworden und ruhen sich auf der Zahmheit der Jugend aus.‹ In ihrer Unbeweglichkeit, ihrem Konservatismus, sind unsere Professoren, unsere Eltern, manche unserer Anführer ein Hindernis für die Fortentwicklung der chinesischen Gesellschaft geworden. Sie haben Angst vor dem Fortschritt, Angst vor der Kulturrevolution, die ihnen die Macht nehmen wird. Genossen, die Zukunft gehört der Jugend. Einen wir uns unter dem Banner der maoistischen Ideen, bewaffnen wir uns mit seinem Segen, zerschmettern wir die Obrigkeiten, kämpfen wir die Revisionisten nieder, die Kleinbürger, die Verteidiger des Feudalismus!

Lang lebe der Große Vorsitzende Mao Zedong! Lang lebe die Kulturrevolution der Proletarier! Lang lebe die Solidarität im chinesischen Volk!«

Der Gesang hob wieder an. Ergriffen von heftiger Erregung, brachte ich kein Wort heraus. Niemals hatte mich eine Rede in solchem Maße angesprochen. Jedes dieser Worte war mir mitten ins Herz gedrungen. Zum erstenmal seit einem Jahr tummelten sich zahlreiche Gedanken in meinem Geist.

Ich hatte niemals meine Eltern in Frage gestellt, meine Lehrer. Sie waren die reine Wahrheit. Mein Leben war dahingeflossen, ruhig, friedlich. Ich war ein guter Schüler, der die Seinen respektierte, der gern las, Go und Fußball spielte, der davon träumte, in die Peking-Universität einzutreten, um eines Tages Astrophysiker zu werden.

Was an diesem weitläufigen Lebensprogramm entsprang meiner eigenen Entscheidung und was der meiner Eltern? Man hatte mich Respekt gelehrt, Gehorsam. Niemals hatte ich gewagt zu schreien, zu singen, meine Meinung lautstark zum Ausdruck zu bringen, mit erhobenem Haupt. Ich war eine Marionette gewesen, die am Fließband gefertigt war, man hatte mir eine Funktion, eine Bestimmung zugewiesen. Ich wußte nicht, was Verweigerung war, ich wußte nicht mehr, wer ich war. Allein die Revolte würde mir eine Identität verschaffen.

In der Menge suchte ich nach dem jungen Mädchen mit dem Megaphon, als Tausende Rotgardisten aus ihren Universitäten strömten und sich unter uns mischten. Jemand drückte mir eine rote Fahne in die Hand. Eine Studentin verteilte Flugblätter, auf denen die neuesten Anweisungen des Zentralkomitees der Kulturrevolution gedruckt standen. Ich faltete das Blatt zusammen und schob es in die Tasche meiner Jacke, ganz nah an meinem Herzen.

Auf den Straßen und Alleen bildeten wir einen schwarzen Strom, und die Kleinen roten Bücher, die wir über unseren Köpfen schwenkten, glichen unzähligen Schaumtropfen, in denen die Sonne sich vervielfältigte. Wir kamen von der Zhong-Guancun-Straße, überquerten die Weiße Steinbrücke, zogen am Tor des Nationalen Aufbaus vorüber und betraten die Straße des Ewigen Friedens.

Während wir dem Großen Vorsitzenden unsere Treue erwiesen, hatten sich an die hunderttausend Bürger Pekings, die nach Ereignissen hungerten, an den Gehsteigen versammelt, um uns zu applaudieren. Unsanft griff die Armee ein und hielt sie von uns fern, indem sie sich zu zwei parallelen Mauern formierte.

Nach zwei Stunden Fußmarsch begannen wir müde zu werden. Über die Schultern der Soldaten hinweg reichte man uns Becher mit Wasser, und wir dankten unseren Spendern mit Revolutionsgesängen. Auf die Beifallrufe antworteten wir mit einstimmig deklamierten Parolen. Wir erlebten Momente tiefer Liebe und Solidarität.

Kurz vor dem Tiananmen-Platz war die Straße gesperrt. Die Soldaten zwangen uns anzuhalten und teilten uns in Quadrate ein. Es fiel uns schwer, uns zu formieren. Die Sonne brannte in glühenden Strahlen auf uns herunter. Schweißüberströmt drängten wir uns aneinander und schwitzten noch mehr. Die verschiedenen ideologischen Abspaltungen der Roten Garden nutzten diese Gelegenheit, sich gegenseitig zu beschimpfen. So plötzlich wie der Sturm, der sich inmitten des Ozeans erhebt, trug uns die Begeisterung in ein kollektives Delirium. Unsere Gesänge hoben in neuer Frische an. »Lang leben die Ideen Mao Zedongs!«, »Lang lebe die Kommunistische Partei!«, und wieder rezitierten wir das Gedicht unseres Großen Vorsitzenden, das jeder einzelne auswendig konnte:

»Wieviel Aufgaben,
Von Anfang an drängend;
Himmel- und Erddrehung,
Die Zeit nötigt.
Zehntausend Jahre – allzu lange,
Wetteifert früh bis spät.
Vier Meere aufgebäumt, Wolken und Wasser zornig,
Fünf Erdteile bebend, Wind und Donner entfacht.
Müßt sie auskehrn, allesamt, die üblen Insekten:
Nirgend sonst Feinde.«

Langsam setzte sich die Menge in Bewegung. Die Genossen, die mich um einen halben Kopf überragten, zogen mich in einem eiligen Marsch mit. Im Gegenwind peitschte mir die Fahne, die ich trug, ins Gesicht, und von Zeit zu Zeit erblickte ich unzählige rote Wangen, einen Wald von Armen, die zum Himmel zeigten, Porträts des Großen Vorsitzenden, die über den Köpfen geschwenkt wurden. Die Menge zog in chaotischem Aufruhr vorwärts. Ich schrie einem Studenten ins Ohr, um zu fragen, was eigentlich los war. In einer Geste gab er mir zu verstehen, daß er mich nicht hören konnte.

Die Menge blieb stehen. Gedränge. Plötzlich begannen die, die vor mir gingen, zu rennen.

»Wo lauft ihr hin?« brüllte ich. »Wartet doch auf mich!«

Sogar die Nachzügler überholten mich. Verzweifelt folgte ich ihnen, verheddert in der Fahne, die schwer auf meiner Schulter lastete. Hysterische Schreie erhoben sich. Rund um mich rissen sich die Rotgardisten die Mützen vom Kopf und warfen sie in den Himmel. Tränen standen ihnen in den Augen. Ein junges Mädchen stolperte und fiel zu Boden. Ich eilte ihr zu Hilfe. Sie stand auf. Ihre Nase blutete, aber sie ignorierte ihre Wunde, hob ihr Kleines rotes Buch auf und rannte schreiend weiter.

Da hörte ich, verstärkt durch Hunderte von Lautsprechern, eine zitternde Stimme, die im schweren Akzent des Südens sagte: »Guten Tag, meine kleinen roten Soldaten!«

Gleichzeitig mit dieser Stimme, die vom Himmel kam, war wie im Traum das Tor des Himmlischen Friedens aufgetaucht, am Horizont eines Meeres aus grünen Uniformen. Ein gigantisches Dach mit glasierten Ziegeln, gestützt von leuchtend roten Säulen, bedeckte eine Terrasse, auf der Tausende von Fahnen wehten. Mein Herz begann wie wild zu klopfen. Bestimmt stand da der Große Vorsitzende Mao und empfing seine Getreuen! Mit den Augen suchte ich Seine Gestalt, aber die tobende Menge glich einem schlingernden Dampfer. Alles blendete mich: die flatternden Fahnen, die glitzernden Porträts, die Tauben, die in den Himmel geworfen wurden, die auffliegenden bunten Luftballons.

»Lang lebe der Große Vorsitzende Mao, lang lebe der Große Vorsitzende Mao!« Bis zum Ersticken schrie ich mein Gebet. Aus den Lautsprechern hörte man wieder die Stimme des Großen Vorsitzenden, als antwortete sie mir:

»Ihr kleinen Rotgardisten, seid gegrüßt!«

Tränen der Verzweiflung benetzten meine Wangen. Ich war am Ende des Aufmarschplatzes angelangt und hatte Ihn noch immer nicht gesehen. Ein letztes Mal drehte ich mich um.

In einer Art Vorsehung traten ein paar Studenten zur Seite. Zwischen zwei roten Fahnen sah ich oben auf dem Tor des Himmlischen Friedens einen weißen

Fleck, der die dunkel gekleideten Funktionäre anführte. Mit erhobenem Arm grüßte der Große Vorsitzende die tosende Menge.

Der Spalt zwischen den Fahnen schloß sich wieder. Sofort wurde ich von der Masse geschluckt.

Im Gymnasium gab es seit Anfang September keinen Unterricht mehr: Man kam zur Schule, um die neuen Anweisungen zu studieren oder über den Fortschritt des Sozialismus zu debattieren. Ohne mein Wissen war ein erstes Revolutionskomitee gebildet worden. Zu seiner vierten Sitzung wurde ich vorgeladen.

Man traf sich in einer Ecke der Turnhalle. Ich erkannte unter den Mitgliedern ein paar Mitschüler aus der Abiturklasse. Die anderen kamen wahrscheinlich aus den unteren Klassen. Keiner von ihnen gehörte zur Schülervertretung, in der ich den Posten des Propagandachefs innehatte und für das Schulradio verantwortlich war.

Als sie mich kommen sahen, nickten mir einige zu, andere waren zurückhaltender und rührten sich nicht. Ich setzte mich als Beobachter an den Rand.

Zwei Rotgardisten von der Volksuniversität waren gekommen, um uns vom »Rundschreiben vom 16. Mai« zu berichten, in dem das Zentralkomitee vor den Revisionisten innerhalb der Partei warnte. Sie lauerten nur auf die Gelegenheit, die Macht an sich zu reißen und die Diktatur des Proletariats in eine Tyrannei des Kapitalismus umzuwandeln. Das »Rundschreiben« besagte, daß vom Widerstand gegen diese Konterrevolutionäre die Zukunft der Partei und das Schicksal Chinas abhing. Es verlangte, daß die gesamte Partei das große Banner der Kulturrevolution hochhalten und die sogenannten Autoritäten in akademischen Kreisen, Erziehungswesen, Journalistik und Verlagswesen verurteilen sollte.

Die Studentin begann zu sprechen. Sie lud uns ein, unser Revolutionskomitee effizienter zu organisieren, konkrete Aktionen zu planen, um dem Aufruf des »Rundschreibens« nachzukommen.

Ich war enttäuscht von ihrer Stimme, die monoton und ohne jede Anmut war. Niemals würde ich also jene Unbekannte mit ihrer so weichen und glasklaren Stimme wieder treffen.

Wind drang durch die Fenster und strich an der Turnhalle entlang. Man hörte etwas auf den Boden knallen, das Gespräch brach ab. Schweigen fiel über uns, beängstigendes, aufregendes Schweigen.

Alle hatten wir als Kinder Krieg gespielt. Wir schöpften unsere Helden aus den Filmen und den Bildergeschichten, und wir nahmen sie uns zu Vorbildern. Die Jungen umklammerten hölzerne Bajonette und verbargen ihre Köpfe unter Geflechten aus den Zweigen einer

Trauerweide. Die Mädchen hüllten ihre Köpfe in Tücher und spielten Krankenschwestern. Zur Ertüchtigung rannten wir durch die Wälder, warfen uns in die Gräben, kletterten auf die Dächer. Manchmal mußten wir uns darauf vorbereiten, der Folter standzuhalten. Wir bastelten Marterinstrumente, spielten abwechselnd Henker und Märtyrer. Einmal pro Woche drang aus den Lautsprechern, die in den Bäumen hingen, die Alarmsirene, und eine schrille Stimme forderte uns auf, in den Kellern Zuflucht zu suchen. Für die Erwachsenen war das Simulation und Übung, für die Kinder ein echter Gegenangriff der Guomintang. Wir drängten uns in der düsteren, feuchten Höhle und zitterten vor Erregung. Da oben ... der Feind ist überall. Er sucht uns, schickt uns Bomben. Wir treten in den Widerstand ein.

Vor der Turnhalle brach lauter Lärm los. Nach mehrmaligem Läuten hörte man Schritte, ein Durcheinander von Stimmen, Lachen, fahrende Fahrräder. Es war noch hell, aber das Licht wurde von den Gitterstäben hinter den Fenstern, die von Rauch und Staub ganz schwarz waren, aufgehalten. In ihrer drangvollen Unermeßlichkeit glich die Turnhalle einer Tierhöhle.

So ist der Krieg also da!

Eine Stimme brach das Schweigen: »Laßt uns schwören! Ich schwöre, daß ich die Kommunistische Partei Chinas und den Vorsitzenden Mao, den Großen

Anführer der Revolution, verteidigen werde bis zum Tod.«

Ergriffen von dieser dramatischen Stimmung schwor ich mit allen anderen:

»Ich schwöre, daß ich die Kommunistische Partei Chinas und den Vorsitzenden Mao, den Großen Anführer der Revolution, verteidigen werde bis zum Tod.«

Nach dem Eid entspannte sich die Stimmung, und man plante die nächsten Aktionen.

»Willst du uns unterstützen?« Plötzlich wandte man sich an mich. Ich war darauf gefaßt gewesen. Nach einem Augenblick berechnenden Schweigens nickte ich. Ein Junge, der Anführer der Gruppe, erklärte: »Wir ernennen dich zum stellvertretenden Gruppenführer des Revolutionskomitees.«

Nach kurzem Beifall entrollte er ein Plakat auf dem Boden:

»Hier ist die erste Dazibao unserer Schule. Sie wird morgen früh am schwarzen Brett der Schule ausgehängt. Genosse Wen, dein Auftrag ist es, sie in der Zeitung herauszugeben, deren Chefredakteur du bist, und sie morgen in aller Frühe im Schulradio auszustrahlen, gleich nach den maoistischen Maximen.«

Meine Augen überflogen die Wandzeitung, auf der große Schriftzeichen in roter Tinte prangten. Cai Yong, unser Direktor, wurde darauf als Nummer eins der Revisionisten denunziert. Der Mann, der auf die Fünfzig zuging, ein ehemaliger Soldat der Roten Armee, war mir immer ein Rätsel gewesen. Ich traf ihn bei den Sitzungen, in denen die Leiter des Gymnasiums die Schülersprecher empfingen. Mit halb geschlossenen Augen rauchte er Zigaretten, die er gerne zwischen seinen gelben Fingern hin und her drehte, und ließ uns reden; auf unsere Forderungen antwortete er mit einem Kopfnicken. Gegen seine Schweigsamkeit kamen unsere Reformprojekte nicht an und wurden oft auf halber Strecke aufgegeben. Seit dem Tag, an dem mir auffiel, daß er Schreibfehler machte, verdächtigte ich ihn, daß sein Posten der Lohn für seine Teilnahme am Langen Marsch gewesen war, wobei sein geheimnisvolles Auftreten nur sein Versagen und seine Inkompetenz versteckte.

Am nächsten Morgen ließen wir im Radio eine riesige »Bombe« auf das Hauptquartier los, in der die Verbrechen dessen aufgezählt wurden, der unser Gymnasium seit fünfzehn Jahren leitete. Als der Text zu Ende war, kam ich mir vor wie ein Held der Antike, der das Gebirge erschüttert hatte.

Die Roten Garden, die unser Komitee ernannt hatte, schlugen die Tür des Rektorats ein. Sie verhafteten ihn, warfen die Möbel um, zerstreuten die Akten und sperrten den Revisionisten in der Turnhalle ein.

Das Verhör dauerte lange. Der Feind verweigerte das Geständnis seines Verbrechens, die jungen Geister verdorben und ihren revolutionären Schwung gebremst zu haben. Zu seiner Rechtfertigung wiederholte er endlos, er sei ein Soldat des maoistischen Denkens im Dienste des Volkes. Sein Gesäusel machte uns wütend. Ein paar gut plazierte Fußtritte brachten ihn zum Schweigen.

Am nächsten Tag erblühten auf den Fassaden des Schulgebäudes an die dreißig Dazibaos. Sie denunzierten weitere Konterrevolutionäre: den Politiklehrer, der uns seit langem mit seinen Intrigen ärgerte, in denen er Lehrer gegen Schüler aufbrachte; die Sekretärin des Direktors, die unter dem Verdacht stand, mit ihrem Vorgesetzten eine ehebrecherische Beziehung zu pflegen.

Wir brauchten weitere Verhaftungen. Wir mußten weiter rekrutieren.

Ich hatte Himmel und Erde in Bewegung gesetzt, um an eine Militäruniform zu kommen, und hatte eine Luxusausgabe des Kleinen roten Buches gegen ein altes Koppel aus den fünfziger Jahren getauscht, als die Armee der Volksfreiwilligen in Korea einmarschierte. Ich trug die Armbinde, auf der in gelben Schriftzeichen »Rote Garde« eingestickt war, und auf der Brust ein schönes Abzeichen mit dem Konterfei des Großen Vorsitzenden Mao auf zinnoberrotem Grund.

Die erste große Verurteilungssitzung fand auf dem Sportgelände statt, wo vor der Tribüne eine Bühne aufgebaut worden war. Die Dekoration, die ich entworfen hatte, hatte allen verfügbaren roten Stoff unserer Schule verbraucht. Hinter der Bühne hing auf einem purpurroten Vorhang das Porträt unseres geliebten Großen Vorsitzenden. Der Revisionist und seine Komplizen sollten unter Seinem Blick gerichtet und kritisiert werden.

Der neuesten Mode entsprechend, trugen sie einen spitzen, zwei Meter langen Hut aus Papier, auf dem mit schwarzer Tinte ihre Verbrechen aufgelistet waren. Um den Hals hing ihnen ein drei Kilo schweres Schild, an dem unter einem schwarzen Kreuz ihr Name zitterte. Die Sekretärin des alten Direktors trug außerdem als Halskette ein Paar zerlöcherte Turnschuhe zum Zeichen ihrer Unzucht. Man hielt ihre Köpfe gesenkt, und einer nach dem anderen stiegen die Schüler auf die Bühne und zählten ihre Missetaten auf, denunzierten ihre Sabotageakte und spuckten ihnen auf die Köpfe. Am Ende jeder Rede wurde laut geschrien: »Lang lebe der Große Vorsitzende Mao Zedong!«, »Lang lebe die Kulturrevolution!« Die Sitzung endete im Hereinbrechen der Revolutionsgesänge und mit feierlichen Treueschwüren an den Großen Vorsitzenden.

Eines Morgens waren die Mauern des Gymnasiums mit Dazibaos überdeckt, die uns des Verrats an der wahren Kulturrevolution bezichtigten. Am nächsten Morgen überklebten wir diese verleumderischen Wandzeitungen mit unseren Gegenangriffen.

Am 1. Oktober stürmte das feindliche Komitee, der Purpurfelsen, die Turnhalle und machte sie zu seinem Hauptquartier. Unsere Gefangenen und zwei unserer Genossen setzten sie fest. Am selben Abend hielten sie ihre Verurteilungssitzung ab. Unsere Mitstreiter wurden an der Seite der konterrevolutionären Lehrer erniedrigt, gequält.

Am 2. Oktober griff der Purpurfelsen den Radiosender an. Oben von der Treppe aus erkannte ich die einstigen Mitglieder der Schülervertretung unter den Jungen, die Stöcke und Badmintonschläger zückten und ihre Koppel schwangen. Wir verteidigten uns mit allem, was uns in die Hände fiel. Ein Angreifer bahnte sich einen Weg durch die Menge, stieg die Treppe herauf. Mit Schlägen seines Koppels brachte er unsere beiden Rotgardisten zu Fall, die sich auf ihn gestürzt hatten, um ihn zu entwaffnen. Er gelangte in den Eingang zum Aufnahmestudio und stand mir gegenüber. Wir starrten uns an.

Es war der Sportdelegierte, der Kapitän der Schwimmannschaft, zu der auch ich gehörte. Schwimmen war die edelste aller Wettkampfsportarten, die Freundschaft unter den Mitgliedern unserer Mannschaft rein und klar wie das blaue Wasser, durch das wir glitten.

Ich wollte ihn überreden, in mein Lager überzutreten. Aber wie in einer Anwandlung von Wahnsinn schlug er mir mit dem Koppel auf den Kopf. Mit sirrenden Ohren taumelte ich. In wildem Zorn schlug er weiter auf mich ein. Als ich aus der ersten Lähmung wieder zu mir kam, begriff ich, daß er mich töten würde, wenn ich mich nicht wehrte. Ich hob eine große Bierflasche vom Boden auf, zerbrach sie und rammte sie ihm in den Bauch. Der Junge erstarrte, blickte mich mit blutunterlaufenen Augen an. Entsetzt drehte ich die Flasche mit aller Kraft herum. Eine warme Flüssigkeit drang zwischen meinen Fingern hindurch, rann über meine Hand und lief mir den Unterarm hinunter. Ich ließ die Flasche los, und der Riese schwankte. Ich packte ihn am Kragen, und mit ungeahnten Kräften schleppte ich ihn bis an die Treppe. Ich stellte meine blutige Trophäe zur Schau und stieß ein Siegesgeheul aus. Alle Blicke wandten sich mir zu.

Nervöses Lachen drang mir aus der Kehle, und ich trat dem Sportdelegierten in den Hintern. Er stürzte die Stufen hinunter und sackte am Boden zusammen.

Wir nutzten die Fassungslosigkeit der Feinde, um sie in die Turnhalle zurückzudrängen, die wir umstellten.

Die Verstärkung kam noch am selben Abend: Der Gruppenführer des Revolutionskomitees aus einem benachbarten Gymnasium, seit dem Kindergarten ein enger Freund von mir, hatte seine wildesten Rotgardisten geschickt. Wir traten die Tür ein. Nach drei Stunden

Handgemenge wurden die Mitglieder des Purpurfelsens gefangengenommen.

Es lag uns nichts daran, sie zu foltern, und so ließen wir sie in einem Gnadenakt frei. Wir behielten die, die sich uns anschließen wollten, und den Verrätern war fortan der Zugang zur Schule verboten.

Am 5. Oktober erneuerten wir das Revolutionskomitee unseres Gymnasiums, und ich wurde einstimmig zum Gruppenführer gewählt.

Am 6. Oktober löste ich meinen Kopfverband und versteckte die Narbe unter einer Militärkappe. Ich zog die Jacke aus, auf der man auch nach der Wäsche noch undeutlich Blutflecken sah, und lieh mir ein Hemd. In einer bestimmten Geste verweigerte ich eine Leibwache. Mit einem Messer in der Tasche fuhr ich auf dem Fahrrad nach Hause.

Als ich den Tumult hinter mir ließ, wunderte ich mich, daß die Welt jenseits der Mauern unserer Schule sich nicht verändert hatte. Ruhe und Schläfrigkeit beherrschten die Stadt.

Zwei müde Maultiere zogen träge einen Karren. Ein Windhauch brachte die Pappeln zum Rascheln, die an der geteerten Straße standen. Der Sommer war noch da, mit ihm die wabernde Hitze.

Während ich in die Pedale trat, betrachtete ich meine Stadt mit der Gier dessen, der eben der Hölle entkommen war. Aber allmählich verflog das Vergnügen daran, daß die Sonne noch schien und der Himmel noch immer blau war. Ein seltsamer Gedanke ergriff von mir Besitz, erschreckte mich: Und wenn alles, was ich seit September unternommen hatte, vergeblich war? Hatte ich in einem Traum und für einen Traum gekämpft? Da doch die Welt so gleichgültig ihren Lauf nahm.

Das Licht des Sonnenuntergangs lag auf meinem Wohnblock und brachte die hauchdünne Schicht von Kohlestaub zum Glitzern, die seit Jahren vor dem Haupteingang lag. Meine Familie hauste im zweiten Stock, ganz hinten in einem langen, fensterlosen Gang, der von einer Girlande gelblicher Glühbirnen erhellt wurde. In unserem Wohnblock wohnten Lehrer, Ärzte, Ingenieure, die auf die Zuteilung einer Wohnung durch den Staat warteten. Wie die meisten ihrer Nachbarn waren meine Eltern seit ihrem Abgang von der Universität auf einer Warteliste eingetragen. Alle zwei Monate ging meine Mutter ins Büro des Politkommissars im Pekinger Krankenhaus, in dem sie und mein Vater als Chirurgen arbeiteten. Man sagte ihr, daß eben eine Siedlung fertiggestellt worden war, daß man aber zuerst die Parteikader unterbringen mußte. Ein andermal erklärte man ihr, man schulde den Familien, die Kriegsopfer zu bedauern hatten, Respekt und müsse ihnen den Vorrang lassen. Wieder ein anderes Mal hatten sie ihre Wohnung einem Rentnerpaar überlassen, denn als gute Kommunisten wußten meine Eltern ihr eigenes Glück anderen zu opfern. Achtzehn Jahre später lebten sie noch immer in der Hoffnung, am nächsten Tag schon umzuziehen, und wir begnügten uns mit zwei winzigen Zimmern ohne Küche und Bad. Die Toiletten teilten wir mit den Flurnachbarn.

Auf dem Gang stapelten sich in einem wilden Durcheinander Eierbriketts, Fahrradreifen, Waschschüsseln, Kinderwagen. An den rissigen Mauern hingen Bunde von Zwiebeln, von Pfefferschoten, Tüten mit Waschmittel, Küchengeräte.

Jemand hatte ein Feuer entzündet und machte sich an seinem Herd zu schaffen. Es war die Nachbarin, die ihrem Mann Abendessen kochte, einem Kollegen meiner Eltern, der zur Nachtwache ins Krankenhaus mußte. In der Pfanne brutzelte frisches Gemüse im heißen Fett. Ich nutzte das laute Zischen, um mich hinter dem Rücken der jungen Frau vorbeizuschieben, aber sie hielt mich auf.

»Wen, da bist du ja«, schrie sie, »seit Tagen bist du nicht nach Hause gekommen. Warum?«

In diesem Wohnblock ging es zu wie in einem Ameisenhaufen, niemand hatte vor irgend jemandem ein Geheimnis. Obwohl ich mich ärgerte, zwang ich mich zu einem Lächeln. Ich tat gut daran, die Frau des Genossen meiner Eltern nicht zu verstimmen.

»Krank ...« Ich stammelte ein paar wirre, unverständliche Worte.

Da sie geschäftig die Pfanne schwenkte, hatte sie mir nicht ins Gesicht gesehen und glaubte mir die Lüge.

»Krank? Armes Kind! Wo hast du denn dann geschlafen? Wie? In der Schule? Du hättest uns Bescheid sagen sollen. Wir hätten dich mit dem Krankenwagen abgeholt. Wie bleich du bist. Leg dich schnell ins Bett. Ich komme nachher bei dir vorbei.«

Ich machte mich mit eiligen Schritten davon.

Ich öffnete die Tür und wollte mich aufs Bett werfen, als ich meinen Vater sah.

Zu Vater hatte ich ein ganz besonderes Verhältnis. Er hatte mich in strenger Zärtlichkeit erzogen. Aber er behandelte mich von gleich zu gleich, nahm sich die Zeit, mir zuzuhören.

Er war ein Muster der Anständigkeit. Vor der Befreiung hatte er als Student an der alten medizinischen Hochschule von Peking der Kommunistischen Partei den Treueeid geleistet und für den Geheimdienst gearbeitet. Nach der Geburt des neuen Chinas schickte ihn der Staat nach Moskau, wo er an der Seite der größten sowjetischen Ärzte seine Ausbildung vollendete. Ein Moskauer Krankenhaus machte ihm ein verlockendes Angebot. Doch er lehnte ab und kehrte nach Peking zurück.

Mein Vater war ein angesehener Chirurg, der seinen

Beruf leidenschaftlich liebte, streng zu sich selbst war und großzügig zu den anderen. Und doch litt ich seit einem Jahr völlig grundlos an den Fehlern, mit denen mein Idol behaftet war. Er war mir zu gut, zu steif. Sein Mitgefühl grenzte an Naivität und ärgerte mich. Ich wollte einmal hören, wie er sich beklagte. Vergebens. Er gab sich mit dem wenigen zufrieden, das man ihm bot, und erfüllte peinlich genau seine anstrengenden Aufgaben.

Mein Vater wußte nicht, was es hieß, sich zu amüsieren. Siebzehn Jahre lang hatte er mir nicht einen Drachen gebastelt und hatte mich nur ein einziges Mal in den Zoo ausgeführt. Wenn er mich einlud, ihn auf seinen nächtlichen Spaziergängen zu begleiten, redete er mit mir, nicht um zu scherzen, sondern um aus mir einen Mann der Gerechtigkeit und der Tugend zu machen.

Er forderte mich auf, mich ihm gegenüber aufs Bett zu setzen. Er sprach von der allgemeinen Aufnahmeprüfung in die Universitäten, die im kommenden Juni stattfinden würde. Er fragte mich, was ich vorhatte.

Er sagte: »Auch in der Kulturrevolution darf man nicht das Studium vergessen. Wer soll deiner Meinung nach in zehn, in zwanzig Jahren das sozialistische China aufbauen, wenn die Generation deiner Eltern zu alt ist? Die Jugend von heute ist die Stütze von morgen. Vergiß nicht deine Verantwortung, die Zukunft des Landes liegt auf deinen Schultern. Ohne solides Wissen kannst du zur Modernisierung Chinas nicht deinen Stein beitragen.«

Ich blickte zu Boden. Tief in meinem Inneren gab ich ihm recht. Aber die väterliche Weisheit brachte mich zur Weißglut, gerade weil sie immer recht hatte und ich ihrer Überzeugungskraft widerstehen wollte.

Da schrie ich: »Aber Papa, Sie vergessen den Klassenkampf und die Bedrohung, die auf dem sozialistischen Regime liegt! Wenn wir die Konterrevolutionäre nicht ausrotten, findet das Land niemals Frieden, und dann können wir überhaupt nichts aufbauen. Verstehen Sie doch, wie dringlich die Lage ist!«

Erstaunt sah mein Vater mich an.

»Den Klassenkampf darf man natürlich nicht vergessen. Aber du bist noch zu jung, um Freund und Feind zu unterscheiden. Du verstehst nichts davon, was in der Politik auf dem Spiel steht. Widme dich lieber deinem Studium.«

Empört gab ich zurück: »Ihr Pessimismus ist gefährlich! Unser Großer Vorsitzender hat den Roten Garden des Gymnasiums geschrieben, das zur Qinghua-Universität gehört, und sie in ihrem Kampf gegen die Unreinheit bestärkt. Heute ist der Unterricht eingestellt. Alle machen bei der Kulturrevolution mit. Wissen ist wichtig, aber es zählt allein die Revolution.«

Plötzlich unterbrach mich eine Stimme: »Du behauptest, du würdest die Welt verändern, aber du zankst dich mit deinen Klassenkameraden! Soll etwa das die Kulturrevolution sein?«

Meine Mutter trat aus dem Nebenzimmer, sie zitterte vor Wut.

Ich fühlte mich von meinen Eltern in die Falle gelockt und schwieg.

Sie fuhr fort: »Warum hast du das Hemd von jemand anderem an? Wo sind deine Kleider? Was hast du auf dem Kopf? Bist du verletzt?«

»Nichts, nichts, Mama.« Ich kauerte mich auf dem Bett zusammen und bedeckte meinen Kopf mit den Händen.

Als Tochter eines berühmten Arztes hatte meine Mutter sich für den Kommunismus entschieden, weil das halb feudale, halb koloniale China vom Anfang des Jahrhunderts sie abstieß. Wie die meisten Frauen aus guter Familie, für die das Hochschulstudium die Freiheit bedeutet hatte, war sie eine Schwärmerin.

Sie streckte mir die Arme entgegen. Aber ich rührte mich nicht. Zutiefst verletzt stiegen ihr die Tränen in die Augen.

Seit einem Jahr verzweifelte ich an meiner Mutter, die ständig dieselben russischen Romane wieder las und das Schicksal ihrer Lieblingshelden beweinte. Ihre Tränen wühlten mich auf.

Statt mich ihr in die Arme zu werfen und um ihre Vergebung zu bitten, wie meine Seele es wollte, versteifte ich mich. Entnervt schlug ich mit der Faust auf das Bett. Ich stand abrupt auf und ging zur Tür.

»Wohin willst du?« fragte Vater.

»Weg von hier!«

»Bleib da. Hör auf mit diesem Unsinn, ich bitte dich!«

Ich wandte den Kopf um. Mein Vater hatte sich von seinem Stuhl erhoben; neben ihm stand meine Mutter. Das Tageslicht war vergangen, Dunkelheit hatte beide in ihren dicken Mantel gehüllt. Versteinert in ihrer Not, glichen sie zwei schwarzen Felsen.

Auf sie zuzugehen bedeutete, die Revolution aufzugeben; mich von ihnen abzuwenden hieß, die Menschen zu zerstören, die ich auf der Welt am meisten liebte. Ich verspürte heftigen Haß gegen mich selbst, gegen meine Eltern, die mich zur Welt gebracht hatten, gegen das Schicksal, das unsere Eintracht zerbrach.

Ich drehte den Knauf, zog die Tür auf und stürzte nach draußen. In großen Schritten lief ich über den Gang, auf dem die Nachbarn kochten. Der Rauch, die kräftigen Gerüche, Fetzen von Worten peitschten mein Gesicht. Ich stolperte über etwas, und ohne zu schauen, was ich umgeworfen hatte, begann ich zu rennen. Auf der Treppe nahm ich vier Stufen auf einmal und stieß die beiden Flügel der Haustür auf.

Die Nacht, die Bäume, die Freiheit.

Ich band mein Fahrrad los, als im zweiten Stock ein

Fenster aufging. Ich hörte die ängstliche Stimme meiner Mutter nach mir rufen. Diesmal sah ich mich nicht um, wischte die Tränen fort, die über meine Wangen rannen, stieg auf das Fahrrad und schwang mich in die dunkle Straße.

Monatelang kam ich nicht mehr nach Hause. Meine Eltern besuchten mich in der Schule. Jedesmal hielten die Garden sie auf. Meine Mutter brachte mir in einem Korb saubere Kleider, harte Eier, Briefpapier. Sie wollte Briefe von mir. Aber wie sollte ich ihr mein neues Leben erzählen?

Ich zog von Schule zu Schule, um das Feuer der Revolution zu schüren; ich traf mich zum Gedankenaustausch mit den Studenten. Ich nahm an den Demonstrationen teil, an den Debatten, die das Zentralkomitee der Kulturrevolution organisierte; ich wurde von der Gattin des Großen Vorsitzenden auf der Anglerterrasse empfangen. Diese energische, fanatische Frau feuerte uns an und überbrachte uns die Grüße des Großen Steuermanns. Ich kämpfte gegen die an, die die Großartigkeit unserer Ideologie lächerlich zu machen suchten. Wie konnte ich meiner Mutter die Notwendigkeit und den Glanz dieser Gewalt verständlich machen?

Mit ein paar Klassenkameraden zogen wir als Missionare der maoistischen Ideen durch China und suchten das große Abenteuer. Unter den Roten Garden entstanden wunderbare Freundschaften. Das war die Flamme, die aus unserem von den Ereignissen geschärften Empfinden schlug, die Wärme, die das Herz der umherziehenden Soldaten labte.

Im Frühling kamen meine Eltern zur Umerziehung in die 7.-Mai-Schule. Es war kalt und unwirtlich. Der sibirische Nordwind blies über die Steppen der Mongolei bis in meine Stadt und begrub sie unter dem Sand, den er aus der Wüste mitbrachte. Ich mußte alle 7.-Mai-Schulen im Umland von Peking aufsuchen, bis ich meine Eltern wiederfand. Auf der anderen Seite des Stacheldrahts grub meine Mutter mit einer Hacke in der Erde. Ihre Haare waren kurz geschoren und zerzaust. Ihre wattierte Jacke schien für diesen eisigen Frühling viel zu dünn. Sie ackerte eifrig wie ein kleines Mädchen. Sie richtete sich auf, um sich den Schweiß von der Stirn zu wischen. Endlich sah sie mich und streckte mir die Arme entgegen. Aber ich drehte ihr den Rücken zu und rannte davon.

Plötzlich war Sommer. Von Tag zu Tag füllte sich die Stadt mit den Schreien der Grillen, der Hitze, dem Licht. Cliquen von Revolutionären lieferten sich einen blutigen Krieg. Die Armee griff ein und übernahm die Kontrolle. Auf Befehl des Ministerpräsidenten machten die Schulen wieder auf, es fand wieder Unterricht statt. Bis auf die Lehrer, die in den Lagern ihre Strafe absaßen, war jedermann wieder auf seinem Posten. Ich legte das Abitur ab, schaffte die Aufnahmeprüfung und kam in die Peking-Universität. In der Fakultät wurde kaum studiert. Ich spazierte herum, schloß neue Freundschaften, nahm an den Debatten teil. Das Zentrum der Revolution war weitergezogen. Peking hatte keine Energie, keine Phantasie mehr, verzehrte sich.

Ich beschloß, mich den Millionen von Studenten anzuschließen, die in entlegene Gebiete auszogen, um Land zu roden. Ich schrieb mich im Verteilungsbüro der Roten Garden für das chinesische Hinterland ein, meldete mich im Pekinger Einwohnermeldeamt ab.

Die Nachricht bestürzte meine Eltern, die mich nicht verstanden und nie verstehen würden. Aber die 7.-Mai-Schule hatte ihnen ihre Autorität genommen. Ohne ein Wort ließen sie mich ziehen.

Am 1. Dezember fand im Pekinger Stadion eine Versammlung mit zehntausend Teilnehmern statt. Unten auf dem Rasen nahmen tausend Studenten Abschied von ihrer Heimatstadt. Man klatschte uns Beifall; kleine Mädchen, hübsch gepudert und mit roten Bändern in ihren Zöpfen, schwangen sich zu uns wie fröhliche Turteltauben. Sie wanden purpurne Blumen in unsere Knopflöcher.

Am Nachmittag erreichten wir den Bahnhof. Der Zug war überfüllt, unmöglich, in den Wagen einzusteigen, in dem sich die Rotgardisten drängten wie Vieh. Ich kletterte einem Genossen auf die Schulter und kroch durch das Fenster. Auf den Bänken saßen junge Mädchen. Mein Erscheinen belustigte sie. Sie boten mir ihre Hilfe an. Ich zog meine Gefährten an den Armen herein, und die jungen Mädchen reichten sie über ihren Köpfen weiter. Dann stapelten sie ihre Koffer übereinander, und zwei von uns konnten es sich im Gepäcknetz bequem machen.

Endlich fuhr der Zug an.

Ich stand zwischen einer Menschenmauer und dem Rücken eines Genossen. Über seine Schulter hinweg sah ich, wie sich zwischen den vorbeiziehenden Straßenlaternen eine Winterlandschaft entfaltete. Die Revolutionsgesänge und das Aufsagen der Gedichte des Großen Vorsitzenden erschöpften uns. Gewiegt vom Schlingern des Zuges, fiel ich in einen leichten Schlaf, erfüllt von verworrenen Bildern und unverständlichen Gesprächen.

Plötzlich hörte ich eine Stimme sagen: »Verzeihung.«

Ich öffnete ein Auge und sah ein Mädchen mit bleichem Gesicht, das in einem Winkel eingeklemmt war. Seit wir hier waren, war sie die einzige, die nicht sprach, nicht lachte.

»Verzeihung«, sagte sie bei dem Versuch, aufzustehen. Aber wir waren dicht aneinandergedrängt und undurchdringlich wie die Chinesische Mauer: unmöglich, einen Spalt für sie aufzumachen!

Meine Vorurteile gegen Mädchen, so absurd und launenhaft sie auch sein mochten, wurden wach. Statt einer Antwort auf ihren Hilferuf schloß ich die Augen.

»Verzeihung«, wiederholte sie.

Niemand rührte sich.

»Verzeihung.« Ihre lauter werdende Stimme zitterte, als würde sie gleich weinen. »Entschuldigt, ich möchte gerne zur Toilette.«

Ich erkannte an ihrer weichen, kristallklaren Stimme das junge Mädchen, das bei der Demonstration die lange Rede gehalten hatte. Ich öffnete wieder die Augen.

Eine Spur von Tränen glänzte auf ihrer Wange. Ich weckte den zusammengerollten Genossen auf und schob ihn zur Seite. Ich reichte dem jungen Mädchen die Hand und zog sie von ihrem Platz hoch.

Bis zur Toilette am Ende des Wagens brauchten wir fast eine Stunde. Als Regionalmeister im Schwimmwettkampf glitt ich durch die Menge und zog das junge Mädchen hinter mir her wie eine Boje. Als sie aus der Toilette trat, fehlte uns angesichts dieser wimmelnden schwarzen Masse der Mut, auf unsere Plätze zurückzukehren. Wir lehnten uns an die Toilettentür und schliefen im Stehen ein.

Am nächsten Tag gelangten wir nachmittags in die Stadt Meilin und überschwemmten den Bahnhof, der gleich ganz winzig wirkte. Auf dem Platz standen grüne Bäume. Es nieselte. Das Klima, dessen Milde im Gegensatz zu der Pekinger Rohheit stand, begeisterte uns auf Anhieb. Aber bald schon schlich sich klamme Kälte unter unsere durchnäßten Mäntel. Die Studenten standen vor dem Empfangsbüro Schlange. Unsere Gruppe wartete bis in die Dämmerung, daß sie an der Reihe war. Zwei Rotgardisten begrüßten uns und schrieben unsere Namen auf ein Blatt Papier, dann baten sie uns zu warten. Als sie fünfzig Personen auf ihrer Liste hatten, ließen sie uns zwei Lastwagen besteigen, die uns ins Stadtzentrum brachten. An diesem Abend schliefen wir im Volkstheater, das zum Schlafsaal umfunktioniert war. Strohmatten lagen im Vorraum, auf der Bühne und in den Gängen. Bei unserer Ankunft verteilten uns die Soldaten dünne Decken.

Am Vortag hatte es geregnet. Das Wasser war durch die Ritzen in den Dächern hereingedrungen und bildete hier und da Pfützen. Beim Laufen hinterließen die Schuhe schwarze Abdrücke. Es roch nach kaltem Tabak, Schlamm, Urin und Rost. Auf meinem Lager schlotterte ich. Ich fand keinen Schlaf, versuchte vergeblich, meine Gedanken zu bremsen, die wie ein ungezäumtes Pferd dahingaloppierten. Ich dachte an meine Eltern, an mein Zimmer, an die warme Küche meiner Mutter. Erstaunt stellte ich fest, daß sie mir fehlten. Ich erinnerte mich an das junge Mädchen, deren Beredsamkeit ich vor über einem Jahr in der Masse der Demonstranten bewundert hatte, und die ich im Zug wiedergetroffen hatte. Sie hatte mir gesagt, sie studiere an der Volksuniversität klassische Literatur und ihr Name sei Weide.

»Weide?« hatte ich lachend gefragt. »Ein Name aus dem Gedicht von Wang Wei*:

›Die Stadt Wei, Morgenregen benetzt leicht den Staub;
Die Herberge inmitten von Grün,
immer neu die Farbe der Weiden:
Nehmt noch ein Glas, mein Freund, bevor Ihr geht,
Westlich vom Tor der Sonne*
Trefft Ihr keinen Landsmann mehr.‹«

Mit flammend roten Wangen hatte sie genickt.

Ich neckte sie: »Aber, Genossin Weide, dein Name gehört der feudalen Vergangenheit an: Warum nennst du dich nicht um?«

Sie sah zu Boden und erklärte: »Ich wollte mich ja umnennen. Ich wollte Populus heißen, Pappel. Aber es war kompliziert, meine Papiere ändern zu lassen. Ich wollte fort aufs Land, und so hatte ich keine Zeit mehr, die nötigen Schritte zu unternehmen.«

Als ich sah, wie bekümmert und beschämt sie war, tröstete ich sie: »Schon gut so. Weide ist ein viel originellerer Name.«

Während ich die Kuppel des Theatersaals fixierte, mußte ich lächeln. Diese Studentin war wirklich verblüffend naiv. Leider hatte ich sie beim Aussteigen aus dem Zug in der Menge verloren.

Tags darauf wurden wir von einem Trompetensignal geweckt. Soldaten zogen uns aus den Betten und ließen uns den ganzen Tag auf dem Theaterplatz exerzieren. Wir lernten Habachtstellung, Rechtsum und Linksum und Marschieren. Am Abend traf eine neue Gruppe Rotgardisten vom Bahnhof ein. Ich nutzte das Durcheinander und ging auf einen kleinen Spaziergang in die Stadt. Die Straßen lagen in der Dunkelheit. Manchmal fiel das Licht aus einem hohen Fenster oder einer Glühbirne, die unter einem Vordach hing, auf einen Baum, einen Gehsteig, eine Tafel mit einer Wandzeitung, eine eingestürzte Mauer, eine zerschossene Fassade, eine von Unkraut überwucherte Kreuzung. Die Straßen waren eng und die Standbilder des Großen Vorsitzenden Mao ohne jede Erhabenheit. Alles war von provinzieller Tristesse. Passanten gab es kaum, aber ich stieß oft auf Barrikaden, Stacheldraht, Straßengräben, in denen Leute sich verschanzt hatten.

Ein Trupp bewaffneter Rotgardisten, die vor dem Fabriktor patrouillierten, griff mich auf. Sie filzten mich peinlich genau und stellten mich zur Rede. Als sie hörten, daß ich aus Peking kam und am Aufmarsch vom 8. August dabeigewesen war, verging ihr Mißtrauen und sie erkundigten sich nach der Gesundheit des Großen Vorsitzenden.

Es war Abendessenszeit. Sie boten mir gefüllte Teigtaschen an. Seit dem Beginn der Kulturrevolution, erzählten sie, war die Stadt in zwei Parteien zerfallen. Ihre Gruppe hieß Roter Orient und ihre Feinde Rote Sonne. Die Partisanen der Roten Sonne griffen den Bürgermeister an, den der Rote Orient unter seinen Schutz gestellt hatte. Aber die Rote Sonne war eine Bande von Nichtsnutzen, Banditen und Aufrührern, sie hatten Molotowcocktails gebastelt, Schlagstöcke gestohlen, mit Schrotgewehren und Hackbeilen bewehrt, das Rathaus und das Hauptquartier des Roten Orients belagert. Auf die Gewalt antwortete Gewalt. Die beiden Lager hatten sich der Waffenfabriken bemächtigt, hatten Krankenhäuser, Schulen, Manufakturen besetzt. Beide hatten geschworen, ihr Revolutionsterrain bis in den Tod zu verteidigen.

»In Peking hat die Armee die Lage unter Kontrolle gebracht«, flüsterte ich. »Der Große Vorsitzende Mao …«

»Der Große Vorsitzende hat schlechte Ratgeber. Ministerpräsident Zhou Enlai ist der erste Revisionist im Lande. Er ist der Verräter der Revolution, der maoistischen Ideen. Hier haben wir der Armee Widerstand geleistet. Wir werden uns erst geschlagen geben, wenn wir die Rote Sonne eliminiert haben.«

Ein Junge ergänzte: »Verstehst du, wir haben über zweihundert Leute verloren. Diese Schuld kann nur mit Blut beglichen werden.«

Er riet mir, nachts nicht mehr nach draußen zu gehen, und bot an, mich bis zum Theater zu begleiten. Er mied die großen Straßen und führte mich durch kleine Gassen.

Er blieb stehen und sagte:

»Die nächste rechts, dann kommst du auf die Theaterstraße. Ich gehe hier nicht weiter.«

Ich drückte ihm die Hand und dankte ihm.

Statt zu gehen, rührte der Junge sich nicht vom Fleck. Zögernd wagte er sich vor: »Kann ich dich um etwas bitten?«

Ohne meine Antwort abzuwarten, fuhr er fort: »Ich habe immer davon geträumt, nach Peking zu kommen und den Großen Vorsitzenden zu sehen. Aber ich werde bald sterben, und mein Traum wird niemals Wirklichkeit werden. Hier ist ein Abzeichen, das ich trage, seit ich elf bin. Ich bitte dich, nimm es mit nach Peking, wenn du heimfährst, und wenn du vor dem Tor des Himmlischen Friedens defilierst, steck es dir an die Jacke. Auch wenn ich tot bin, werde ich so vom Großen Vorsitzenden empfangen, und er weiß, daß ich ihn niemals verraten habe!«

Nachdem er mir einen Gegenstand in die Hand geschoben hatte, den er von seiner Uniformjacke genommen hatte, drehte er sich um und verschwand in der Dunkelheit.

Am Eingang des Theaters funktionierte das Licht, und ich musterte den Gegenstand. Es war ein kleiner rechteckiger Anstecker. Der Name der Schule, Roter Stern, leuchtete auf weiß emailliertem Grund.

Am nächsten Tag ging das Exerzieren weiter. Von Zeit zu Zeit hörte man in der Ferne Schüsse automatischer Waffen und undeutliche Stimmen. Eines Abends waren wir alle im Theatersaal versammelt. Unser Politkommissar stieg auf einen Stuhl. Er teilte die hundert Roten Garden willkürlich in Einheiten von zwanzig Mann ein, darunter auch zwei Mädchengruppen, benannte die fünf Soldaten, die uns als Kompaniechefs trainiert hatten. Er forderte uns auf, aus unserer Mitte provisorische Unterführer und einen Regimentsgruppenführer zu wählen. Da wir bis auf ein paar Genossen, mit denen wir gemeinsam aus Peking aufgebrochen waren, bunt durcheinandergemischt waren, kannten wir die anderen Rotgardisten kaum. Wir einigten uns darauf, für einen kurzen Zeitraum die ältesten unter uns zu den Anführern zu bestimmen.

Drei Tage später holten uns drei Militärlaster ab. Sie fuhren einen halben Tag lang und setzten uns dann am Eingang eines Dorfes ab. Kaum waren unsere Laster verschwunden, kam ein weiterer an. Unter der Führung eines Soldaten sprangen dreißig junge Mädchen, alle in Grün gekleidet, von dem Fahrzeug. Wir klatschten dieser Verstärkung Beifall. Unter den Neuankömmlingen erkannte ich Weide.

Das Dorf lag am Fuß eines Berges, der mit einem Bambuswald bewachsen war. Es war nur ein Weiler von zwölf Familien, die auf ein paar Dutzend Mu* Reis anbauten. Um sie nicht zu stören, machten wir es wie die Rote Armee während des Langen Marsches und schliefen draußen unter ihren Vordächern. Gleich am Tag nach unserer Ankunft aber begannen wir mit dem Bau unserer eigenen Hütten.

Die Dorfbewohner zeigten uns, wie man unter Beimischung von Blättern Lehmziegel herstellte, wie man einen rudimentären Dachstuhl baute und die Dächer mit Bambuszweigen deckte. Mit dem Rest des Lehms bauten wir unsere Betten. Die Armee schenkte uns Strohmatten als Matratzen.

Wir organisierten unser Leben. In ein paar Tagen entstand eine Küche mit fünf Kochstellen, auf denen einfaches Essen köchelte. In einem Jahr wollten wir autonom sein. Unterdessen aßen wir Reis, den die Regierung uns zur Verfügung stellte.

Den Beginn des Jahres 1969 feierten wir in tiefer Ergriffenheit. Es gab keinen Alkohol, kein Fleisch, keine Kerzen, und wir entfachten mehrere Lagerfeuer vor unseren Hütten. Ein Student hatte sein Akkordeon mitgebracht, wir sangen. Die Flammen knisterten, die Wärme weckte Heimweh und Hoffnung. Ich erinnerte mich an meine Spaziergänge auf den Ruinen des Frühlingspalasts, diese lange Zeit der Unsicherheit, in der ich auf der Suche nach mir selbst war. Ich stellte fest, daß die Melancholie mich seit meinem Weggang von Peking verlassen hatte. Auf dem Land hatte ich mich gefunden, als ich mich nicht mehr suchte.

Am 1. Januar stellten wir der Natur ein Ultimatum. Sie sollte es mit sich geschehen lassen, daß wir den besonnten Hang des Berges in Reisterrassen verwandelten. Nachdem wir breite Bodenstreifen entholzt hatten, die uns als Feuerschneise dienen sollten, brannten wir parzellenweise den Bambuswald nieder.

Bei unserer Ankunft verlor sich der Gipfel des Berges im Nebel. Nach dem Regen beeindruckte er uns durch seine dunkle Farbe. Als wir noch unter freiem Himmel schliefen, hielt uns, die wir den Lärm der Stadt gewohnt waren, das Rascheln des Bambus, diese Symphonie von hohen, tiefen, von hellen, dumpfen, zarten und polternden Lauten, vom Schlaf ab. Manchmal stellte sich Stille ein, aber wir hörten den Wind nur um so deutlicher, wenn er wiederkehrte. Geflüster, so unhörbar wie das Murmeln einer Quelle, erhob sich, je weiter der Wind über den Wald strich. Es schwoll an, bis es zum Lärmen einer Herde von hundert Pferden wurde, dann zweihundert, dreihundert. Plötzlich das Grummeln der Erde, das Rauschen der Bäche, das Schlagen der Wellen gegen die Felsen.

Der Brand hielt mehrere Tage an. Da wir auf den Wetterbericht geachtet hatten, blies in diesen Tagen der Wind nur schwach, und schwarze Rauchsäulen stiegen senkrecht in den Himmel auf. Vom Dorf aus sah man das Feuer, dieses Ungeheuer, das toste, hochsprang, sich aufbäumte, galoppierte.

In unserem Lager wurde nicht geredet. Manchmal lachte jemand nervös auf. Die Macht der Flammen schlug uns in ihren Bann. Ein paar Bäuerinnen wollten in den kleinen Tempel am anderen Ende des Dorfes, um dem Erdgott Weihrauchstäbchen zu opfern. Wir hielten sie auf und erklärten ihnen, daß das nur feudaler Aberglauben war. In der Vergangenheit hatte das Volk das Licht der Wissenschaft entbehrt, der Himmel und die Herren der Erde verschreckten es; heute aber war das Volk dank der Kommunistischen Partei absoluter Herr über die neue Welt, es herrschte über Himmel und Erde! Noch am selben Abend zerbrachen wir das tönerne Götzenbild und verstreuten seine Scherben.

Nach dem Feuer bot der gezähmte Berg einen traurigen Anblick. Aber wir ließen ihn nicht in der Trauer versinken. Als erst die roten Fahnen überall in der Asche steckten, begann die Schlacht.

Bambus ist eine hartnäckige Pflanze, und obwohl seine Wurzeln nicht tief hinunterreichen, können sie sich außerordentlich weit in die Länge ziehen. Mit Hacke und Karst in der Hand wendeten wir jedes verbrannte Stück Erde um und lösten die Wurzeln heraus.

Weide war empfindlich wie ein Seidenstoff. Nach ein paar Tagen schon waren ihre geschwollenen Hände nicht mehr kräftig genug, um eine Hacke in die Luft zu schwingen. Doch sie war dickköpfig und wühlte mit einem kleinen Spaten nach den Bambuswurzeln unter der Erde. Im Januar gab es Nachtfrost. Tagsüber fiel der Nieselregen auf die feuchte Erde wie ein Vorhang aus Eisen. Bald schon sprangen unsere Wangen auf, liefen unsere Hände rot an, und das Blut sickerte aus unserer schrundigen Haut. Oft sah ich Weide auf ihre Hände blasen, die sie aneinander rieb. Sie biß sich auf die Lippen und machte sich wieder daran, auf den Boden einzuschlagen. Wenn ich mit meiner Parzelle fertig war, ging ich ihr helfen. In ihrem Stolz lehnte sie die Hilfe ab, gab aber schließlich klein bei. Einmal überraschte ich sie bei der Arbeit, als es schon dunkel war. Das Lager war menschenleer. Ich hörte, wie ihr Spaten gegen die Erdschollen stieß, die im Frost ganz hart geworden waren.

Ich fragte sie, warum sie dageblieben war, während unsere Genossen schon beim Essen saßen. Beim Klang meiner Stimme erschrak sie und zitterte. Nach einem langen Moment des Schweigens begann sie zu schluchzen.

Mit erstickter Stimme erklärte sie mir, daß sie sich schon lange wegen ihrer Langsamkeit und ihrer Schwäche schämte. Sie hatte Schuldgefühle, wenn die anderen an einem Tag doppelt so viel schafften wie sie.

»Diese Hände hier«, sagte sie verzweifelt und hielt sie sich vors Gesicht, »sind zu nichts nutze. Niemals kann ich Bäuerin werden und den Anforderungen der Revolution genügen.«

Ich tröstete sie. Unsere Revolution war schließlich die der Herzen. Sie hing nicht unmittelbar vom Ergebnis unserer Taten ab. Als unser geliebter Großer Vorsitzender die Bewegung zur »Umerziehung auf dem Lande« initiierte, wollte er unsere Mentalität verändern, uns unsere bourgeoise Gesinnung austreiben, unsere intellektuellen Anmaßungen.

Weide weinte lange. Sie erzählte mir, daß sie aus einer Familie hochrangiger Militärs stammte und von ihren Eltern verwöhnt worden war. In ihrer Kindheit war sie von einem Chauffeur, einem Kindermädchen, einer Pflegerin, einer Köchin, Zimmerfrauen und Leibwächtern umgeben gewesen, und ihre gesamte Energie hatte sie auf ihr Studium konzentriert. Der Vater hatte ihr verboten, aufs Land zu gehen. Er hatte ihr einen Platz in der Propagandaabteilung seines Regiments besorgt. Doch sie lehnte sich gegen die Privilegien auf und war von zu Hause geflohen, überzeugt, daß die Härte der Felder und die körperliche Arbeit sie zu Kräften bringen würde.

»Meine Eltern haben mir mein Leben verdorben«, wiederholte sie voller Bitterkeit.

Ich wußte nicht, wie ich reagieren sollte. Die Tränen dieses Mädchens berührten und verunsicherten mich. Immerhin konnte ich sie überzeugen, ins Lager zu kommen. Am Dorfeinang wischte sie ihre Tränen fort und nahm mir den Schwur ab, ihre Herkunft für mich zu behalten.

Weide war acht Monate älter als ich und schon im vierten Studienjahr an der Volksuniversität. Sie war hochbegabt und hatte die Oberschule statt in sieben in nur vier Jahren absolviert.

Sie kannte Hunderte alter Texte auswendig. Unter meinen Sticheleien rezitierte sie sie mir stundenlang, und anschließend übten wir gemeinsam Kritik an ihrer feudalistischen Gesinnung.

Endlich kam der Frühling. Die Brise hatte die orangefarben umrandeten Blütenkronen der Rhododendren geöffnet. Wir leiteten den Lauf mehrerer Quellbäche um, um unsere Reisplantage zu bewässern. Stufe um Stufe spiegelte ruhiges Wasser das Blau des Himmels wider.

Die Auspflanzung begann.

Um uns anzutreiben, organisierten wir Wettbewerbe. Ich lag oft an der Spitze meiner Mannschaft, und Weide immer am Ende der ihren. Heimlich weinte sie, und ich tröstete sie. Jetzt wußte ich ihr lustige Geschichten zu erzählen. Mit Tränen in den Augen lachte sie, und alles war vergessen. Sie sah besser aus als im Winter. Ihre Wangen waren rosiger; ihr Gesicht war trotz der Härte unserer Lebensbedingungen runder geworden.

In ihrer Ruhezeit kamen die Studentinnen die Kleidung der Studenten holen und wuschen sie im Teich. So hatte es sich eingebürgert. Wir dankten ihnen, indem wir ihre Dächer reparierten oder ihre Strohmatten flickten. Weide nahm meine Kleider, die sie gefaltet auf mein Bett zurückbrachte. Ungeschickt waren die Risse geflickt, die Löcher gestopft. Neue Knöpfe erschienen an der Stelle der alten.

Bald schon wuchsen unter der strahlenden Sonne die Reisschößlinge, und der Bergrücken bedeckte sich mit einem Schleier von grünem Musselin. Wer hätte glauben können, daß das hier gestern noch nichts als verkohlte Erde gewesen war!

Rund um das Lager hatten wir das Brachland in

einen Gemüsegarten verwandelt. Bohnen, Tomaten, Auberginen, Kartoffeln, Karotten, Gurken und Kohl war aufgegangen. Der Dorfälteste hatte uns zwei Küken geschenkt, und wir träumten schon vom guten Gedeihen unseres Hühnerhofs.

Täglich wurde der Weiler unkenntlicher. Büschel von Farbe tauchten auf; die Bäume wurden stattlicher; das Licht hatte das Relief der Häuser verändert; das Wasser im Teich glänzte samtiger. Weitere Einwohner, die bisher unsichtbar geblieben waren, tauchten auf. Bienen summten, Fliegen und Libellen verfolgten einander, Marienkäfer und Gottesanbeterinnen schliefen in der Sonne.

In unserem Lager bildeten Studenten und Studentinnen Liebespärchen, unzertrennlich wie die Buche und ihr Schatten. Weide und ich machten uns sehr über diese leidenschaftlichen Genossen lustig. Wir waren stolz auf unsere reine Freundschaft, die uns wie Bruder und Schwester aneinander band.

Nach der Pflanzzeit hatten wir endlich ein wenig Ruhe. Wir machten Spaziergänge in den Bergen. Gewundene Pfade führten uns in die Abgeschiedenheit des Waldes.

Da schönes Wetter herrschte, war die Luft trocken. Wenn man tief durchatmete, brannte sie in den Nasenlöchern, und man nahm einen feinen Duft nach grünen Blättern wahr.

Die Sonne ließ ihre Goldstücke auf den Zweigen glitzern. Auf dem Boden lag eine dicke Schicht Blätter, die unter den Schritten knisterten. Über unseren Köpfen bildeten riesige Bambusstauden eine Kuppel. Die Zweige streiften aneinander, bogen sich, entspannten sich. Vom Wind geschaukelt, zitterte jedes Blatt in einer einsamen Bewegung.

Eines Tages verliefen wir uns im Wald – wir hatten es absichtlich so eingerichtet, so gierig waren wir nach Unvorhergesehenem – und stießen auf ein verfallenes Haus. Die Mauern waren eingestürzt, es waren nur noch verstreute Steinhaufen übrig. Früher hatte das Haus mehrere Zimmer gehabt. Ein einziges hatten die Bambussprossensammler und die Fasanjäger wieder hergerichtet. Sie hatten das Dach erneuert, die Mauer gesichert, die Fenster abgedichtet und statt einer Tür ein Drahtgitter angebracht.

Innen war es dunkel. Aufgerollte Matten aus Bambusstreifen lagen in einem Winkel aufgestapelt für Wanderer, die sich verspäteten und die Nacht hier verbringen mußten. Es gab auch einen Lehmofen, einen Keramikkessel, ein paar angeschlagene Schalen und Bambuszweige, um ein Feuer zu entfachen: Wenn man in den Bergen in einem Unterschlupf geschlafen hat, richtet man ihn vor der Abreise für die her, die nachkommen.

Ein Tisch und drei Hocker, die vor der Tür standen,

zogen unsere Aufmerksamkeit auf sich. Die Erde und die Flechten, die sich darauf angehäuft hatten, waren so dick, daß Gras darauf gewachsen war. Weide fegte die abgestorbenen Blätter fort. Sie zog das Gras heraus und kratzte mit den Fingern die Flechten weg. Sie schaffte es, einen Teil des Tisches freizulegen. Er war aus weißem Marmor!

Wir setzten uns auf die Hocker. Es war feucht, in der Luft witterten wir den aufkommenden Sturm.

Weide war nachdenklich, und unvermittelt fragte sie mich: »Hörst du das Schauern dieser Bambusstauden? Sie flüstern in einer Sprache, die ich einmal kannte. Doch warum nur erinnere ich mich nicht?«

Ein Vogel mit buntem Federkleid schwang sich in den Himmel auf.

»Bilde ich mir das ein? Ich habe diesen Flügelschlag schon einmal gehört«, sagte sie wieder.

Ihre Träumerei machte mir angst, ich unterbrach sie.

»Wie sollen wir dieses Haus nennen? Wie findest du ›Ruine im Bambus‹?«

»Ich werde es ›Das frühere Leben‹ nennen«, antwortete sie.

»Warum? Aus welchem alten Gedicht stammt das?«

»Aus keinem.«

Ich fand sie verzweifelt traurig und verstummte.

Mein Schweigen verwirrte sie, lange ließ sie ihren Blick auf mir ruhen und sagte:

»Ich habe dich eben gebeten, mich zu begleiten, weil ich dir etwas sagen wollte ...« Sie hielt inne. Ich drängte sie, weiterzusprechen.

Sie blickte mich starr an. Plötzlich traten zwei dicke Tränen aus ihren Augen und rannen über ihre Wangen. Sie flüsterte:

»Ich werde nicht mehr Klavier spielen können!«

Ich fragte sie warum.

Ihr Schluchzen wurde heftiger. Sie zeigte mir ihre Hände mit den rot angelaufenen Fingern, den geschwollenen Gelenken.

Ich erkannte das Symptom des entzündlichen Gelenkrheumatismus.

»Hast du Schmerzen?«

Sie schluchzte noch viel mehr.

Ich nahm ihre Hände in meine. Ich erinnerte mich, daß sie den ganzen Winter über mit einem Spaten den Boden umgepflügt hatte. Sie hatte meine Kleider gewaschen, als das Wasser im Teich zu Beginn des Frühlings noch eisig kalt gewesen sein mußte!

Zwischen zwei Seufzern sagte sie mir, daß sie mit sechs Jahren begonnen hatte, Klavier zu spielen. Mit fünfzehn mußte sie sich zwischen der nationalen Musikhochschule und der Universität entscheiden. Sie hatte lieber erst studiert und wollte später Pianistin werden.

»Ich darf mich nicht über mein Schicksal beklagen.

Pianistin zu werden ist ein bourgeoiser, revisionistischer Wunsch. Aber verstehst du, es ist der Traum meiner Kindheit! Dafür habe ich mehr als dreitausend Stunden geübt.«

Ihr Geständnis zerriß mir das Herz. Als Arztsohn wußte ich um die Schmerzen und die Folgeerscheinungen ihrer Krankheit. Trotzdem sagte ich ihr: »Weide, nimm dich zusammen, du bist ein Soldat.«

Ich hatte mir geschworen, Weide zu heilen. An den freien Tagen streifte ich durch das ganze Umland, um ihr Erdbeeren, Himbeeren und andere Vitamin-C-haltige Früchte des Frühsommers zu bringen. Ich erinnerte mich an Brocken aus den Unterhaltungen meiner Eltern und brachte ihr auch Erdbeerblätter, aus denen ich ihr Aufgüsse bereitete.

Die Erntesaison begann, und die Soldaten verließen uns. Wir wählten die neuen Anführer unter den Studenten. Ich wurde zum Regimentsgruppenführer ernannt.

Ich nutzte meinen Einfluß, damit Weide im Lager blieb und in der Küche arbeitete. Doch sie lehnte sich auf und kam auf die Felder, wenn sie nicht hinter ihren Kochtöpfen stehen mußte.

Gleich nach der Reisernte begann die zweite Aussaat.

Im Juli war der Himmel mit Wolken bedeckt, die so schwarz waren wie Stahlplatten, und die Sintflut ging hernieder. Um unsere Reisschößlinge zu retten, überwachten wir in Schichten die Deiche, schlugen Breschen, um das Wasser abfließen zu lassen. Die Erde sog sich mit Regen voll und wurde weich. Das Gelände brach ein, und der Schlamm ergoß sich auf die Reisfelder. Zwei oder dreimal pro Nacht riß mich der Gong des Wächters aus dem Schlaf. Ich schlüpfte in meinen Mantel aus Bambusblättern und stürzte mich in die triefende Dunkelheit. Die Taschenlampe beschien den schwarzen Schlamm, Pfützen, tote Blätter. Plötzlich hörte ich einen Gongschlag, dann zwei und drei, dann vier, die zum Alarm riefen. Es war der Berg, er drohte abzurutschen!

Eines Tages entschloß sich der Regen, nachzulassen. Es nieselte. Ich stand in einem Reisfeld und sah, wie die Terrassen eine riesige Treppe bildeten, auf der Bänke von weißen Wolken emporstiegen. Ich erinnerte mich an meine Anmaßung aus der Zeit, in der die Reisfelder gerade fertig gebaut waren: Ich hatte gemeint, wir hätten die Natur gezähmt.

Jetzt lag vor meinen Augen eine ganz andere Landschaft. Der Berg troff vom Wasser, unermeßlich war der Regenvorhang, unendlich der Himmel. Verwundbar war der Mensch, winzig und lächerlich, und ich gehörte zu dieser Sippschaft.

Es kam der Herbst. Die Sonne hatte die Regenschäden repariert und uns eine schöne Ernte beschert.

Das Revolutionskomitee aus Meilin schickte uns eine Delegation. Ich dachte, sie wollten unsere Arbeit kontrollieren. Aber die sechs Abgesandten lehnten die Betten ab, die wir ihnen anboten, und übernachteten lieber bei den Dorfbewohnern. Der Dorfälteste war sehr beeindruckt von ihrer Wichtigkeit und brachte sie umgehend unter.

Am nächsten Morgen luden sie die hundertdreißig Studenten am Fuß des Berges vor, wo wir gewöhnlich auf einer Lichtung unsere Versammlungen abhielten. Wie echte Bauern erschienen viele von uns mit einer Sense und einem Tuch auf dem Kopf. Als einer der Anführer war ich wütend, daß diese Delegation uns den Zweck ihres Besuchs verheimlicht hatte und daß uns vor dem Treffen niemand konsultierte. Trotzdem folgte ich der Menge und setzte mich in eine Ecke, um alles besser beobachten zu können.

Ihr Chef war ein junger Mann von fünfundzwanzig Jahren, mittelgroß, mager. Eine Haarsträhne hing aus seiner Militärkappe heraus. Hinter seinen dicken Brillengläsern standen schützend abstehende Brauen über seinen Krötenaugen. Seine schmalen, etwas weiblichen Lippen zeugten von großer innerer Anspannung. Er kletterte auf einen Felsen, schwieg einen Moment, um unsere Aufmerksamkeit auf sich zu ziehen, stützte eine Faust in die Hüfte und hielt uns eine feierliche Ansprache:

»Genossen, Soldaten und Rotgardisten, als Abgesandter des Revolutionskomitees von Meilin überbringe ich euch eine großartige Nachricht! Der Rote Orient, diese konterrevolutionäre Gruppierung, ist endlich von der glorreichen Volksarmee vernichtet worden!«

Es erhob sich Gemurmel. Nach dem Verschwinden der Soldaten war das Gerücht bereits umgegangen. Es hieß, die revolutionäre Strömung Rote Sonne habe sich mit der Armee verbündet. Unter der Verfolgung hätten die Mitglieder des Roten Orients sich in der Universität von Meilin verschanzt. Außerdem hieß es, die Belagerung hätte etwa zwanzig Tage gedauert, und die Mitglieder des Roten Orient hätten, als Munition und Nahrung verbraucht waren, Arsen geschluckt und der Armee einen Saal voller Leichen überlassen. Seither regiere die Rote Sonne.

»Der harte Kern der Konterrevolutionäre ist ausgerottet«, fuhr der Junge fort. »Aber die Sympathisanten des Roten Orients verbergen sich noch unter den Studenten, die auf dem Land umerzogen werden. Sie suchen unsere Wachsamkeit zu täuschen und unsere revolutionäre Bewegung zu sabotieren.«

Er schüttelte die Faust und rief: »Lang lebe die Kulturrevolution«, »Lang lebe der Große Vorsitzende Mao Zedong«, »Lang leben die maoistischen Ideen«. Diese

Parolen wurden von etwa hundert matten Stimmen wiederholt. Nach zehn Monaten Umerziehung hatten wir so lange die Felder gepflügt und die Reiskörner gezählt, daß uns die Lähmung ergriffen hatte, dieser alte Feind der Begeisterung.

Die anderen Delegationsmitglieder standen am Fuß des Felsens. Sie waren jung, sauber, steckten in Militärkleidung mit Lederkoppel und waren mit Pistolen bewehrt, und so waren sie von der gleichen großartigen Sorglosigkeit, die ich zur Schau trug, als ich mit den Revolutionstruppen durch Peking zog, um die revisionistischen Partisanen zu hetzen. Diesen Herren gegenüber standen wir in Lumpen, mit gebeugtem Rücken, sonnengebräuntem Gesicht, schwieligen Händen, ausdruckslosem Blick, und wir waren ihre Hörigen.

Der Delegierte wurde zornig. Er fand, uns fehle es an Dynamik. Um uns zu stimulieren, schlug er vor, diese Motivationssitzung umgehend in eine Denunzierungssitzung umzuwandeln. Machtlos sah ich zu, wie die Sonne den Zenit liebkoste. Der Reis, trächtig wie eine Schwangere, erwartete uns auf dem Berg.

Ich sprach laut, damit man mich oben auf dem Felsen hören konnte:

»Könnten wir die Denunzierungsstunde auf heute abend verlegen? Die Ernte wartet auf uns. Zu dieser Jahreszeit ist jede Minute des Tages wertvoll.«

Mein Vorschlag fand die Zustimmung der Studenten. Die Menge geriet in Bewegung und war im Begriff aufzustehen. Der Delegierte musterte mich: »Die Sitzung ist aufgehoben«, sagte er verkrampft. »Die nächste findet heute abend um acht Uhr in der Kantine statt.«

Die Delegation requirierte ein Zimmer bei einem Bauern und richtete dort ihr Büro ein. Einer nach dem anderen wurden die hundertdreißig Pioniere zu einem Gespräch vorgeladen. Diese methodische Inspektion brachte unsere Arbeit durcheinander. Das Reisfeld war zu einem Knotenpunkt geworden, an dem wir Informationen austauschten. Es hieß, die Delegierten seien ehemalige Wächter der Roten Sonne, denen beharrlicher Haß und besessene Angst im Magen lag.

Als erster Befragter legte ich so aufrichtig wie möglich Rechenschaft ab. Unser Regiment bestand überwiegend aus Studenten aus Peking. Bei unserer Ankunft in Meilin waren wir von der Armee im Volkstheater eingeteilt worden. Als wir erst am Fuß des Berges waren, waren wir wegen der schwierigen Transportsituation von der Welt fast völlig abgeschnitten. Wie hätten wir unter diesen Bedingungen mit dem Roten Orient Kontakt aufnehmen und uns in einen Konflikt einmischen sollen, der in Meilin gewütet hatte? Die Delegation fragte nicht weiter nach. Ihr Anführer rauchte eine Zigarette nach der anderen und beobachtete durch seine schwarze Brille den Ablauf der Sitzung. Er hatte kein Wort gesprochen. Als ich das Büro verließ, folgte er mir mit den Augen bis an die Tür, wo er mich kalt grüßte.

Ich versuchte die Sorge meiner Genossen zu beruhigen. Meiner Meinung nach war das Verhör eine reine Formsache, und die Delegation würde schon bald in ein anderes Dorf weiterziehen. Doch die pessimistischsten unter uns sagten, sie würde nicht gehen, ohne unter uns einen Sündenbock herauszupicken.

Der dicke Zhang, dessen Eltern aus Meilin stammten, wurde ein zweites Mal ins Büro vorgeladen. Als er zurückkam, wirkte er verändert, und niemand konnte ihm eine Erklärung über das Geschehene entlocken. Ich wohnte in derselben Hütte wie er und wußte, wie ängstlich er war; ich war überzeugt von seiner Unschuld und war bereit, mich für ihn einzusetzen, als die Delegationsmitglieder eines Nachmittags auf die Reisplantage kamen und mich festnahmen.

Sie legten mir Handschellen an und führten mich ins Dorf. Ihr Anführer erwartete mich mit seiner ewigen Zigarette im Mundwinkel hinter dem Schreibtisch.

Ich setzte mich auf einen Stuhl und fragte ihn ganz ruhig nach dem Grund für meine Verhaftung. Lächelnd zog er ein Heft hervor. Ich sprang auf: Er hielt mein Tagebuch in der Hand.

Das Verhör begann. Die Delegation beschuldigte mich, als Mitglied des Roten Orients an einer Verschwörung teilgenommen zu haben, um die Kommunistische Partei und den Großen Vorsitzenden zu stürzen. Ihre Beweisstücke: das Heft, in dem ich mein Treffen mit dem jungen Mitglied des Roten Orients verzeichnet hatte, und das Abzeichen des Gymnasiums Roter Stern.

Ich konnte mich nicht von der Verleumdung zerschmettern lassen. Empört gab ich zurück, daß ich mich stets als guter Kämpfer für die Kulturrevolution eingesetzt hatte. Sie wurden wütend. Mit aufgekrempelten Ärmeln schnallten sie ihre Koppel ab.

Ich antwortete auf ihre Schläge mit Verwünschungen. Als Jugendlicher hatte ich mich beklommen gefragt, ob ich als guter Kommunist der Folter standhalten könnte, ohne Verrat zu üben. Jetzt gab mir die Überzeugung von meiner Unschuld die Kraft, gegen die Ungerechtigkeit anzukämpfen.

Im Morgengrauen sperrten mich die Delegierten im Tempel ein, den sie zum Gefängnis umfunktioniert hatten. Ich zog mich bis an den Altar, der seiner Götter beraubt worden war. Dort fand ich zerrissene Kissen, auf denen früher die Gläubigen niederknieten. So gut es ging, streckte ich mich darauf aus.

Am ganzen Körper zitternd, fand ich nur schlecht in den Schlaf. Die Sonne drang durch ein winziges Fenster zwei Meter über dem Boden und warf ihr Licht über den Altar. Ich sah, wie in diesem schmalen Lichtstrahl der Staub wirbelte.

Wer hatte der Delegation von meinem Tagebuch erzählt? Wer hatte mich verraten? War es der dicke Zhang, der mich verkauft hatte, um seine eigene Haut zu retten? War es Hui, die eines Tages, als sie früher aufstand als sonst, gesehen hatte, wie ich in mein Tagebuch schrieb?

Wer hatte mich ausspioniert? Wer hatte mich an die verschiedenen Stellen verfolgt, an denen ich das Heft versteckte? War es Li, dieser Verleumder, der so neugierig war wie eine Eule? War es Fan, mit dem ich geschimpft hatte, weil er, ohne mich zu fragen, meine Hacke geliehen hatte? War es der Dorfälteste? Nein, das war unmöglich. Er konnte nicht lesen, wie hätte er meine Schrift entziffern sollen? Es sei denn, ich hätte ihm gegenüber neulich abends im Vollrausch Vertraulichkeiten ausgeplaudert?

Am nächsten Tag weckten mich nachmittags Fußtritte, und ich wurde aus dem Dorf geschleppt. Neben dem Felsen war ein Podest errichtet worden, von dem aus die Reisterrassen aufstiegen. Rote Fahnen flatterten rechts und links von der Tribüne im Wind und verliehen der Landschaft Farbe und Ungestüm. Ein breites purpurrotes Spruchband hing vorne an der Bühne, und darauf war in weißen Schriftzeichen zu lesen: »Versammlung zur Verurteilung des konterrevolutionären Revisionisten Wen«.

Ich war erleichtert, aus meiner Isolation herauszukommen, in der ich mich von meinem unbekannten Denunzianten besessen fühlte und verrückt zu werden meinte. Man führte mich auf die Bühne. Trotz des riesigen Schilds um meinen Hals, auf dem meine Verbrechen aufgelistet waren, schaffte ich es, den Kopf zu heben und einen raschen Blick über die Reisplantage gleiten zu lassen. Die Terrassen bildeten eine aufsteigende Anordnung von Spiegelscherben. Die Wolken warfen ihr schwarzes Abbild auf den Berg. Ein Dunstschleier schwebte über dem Bambuswald.

Zu Beginn der Versammlung wurden die Maximen des Großen Vorsitzenden vorgelesen. Dann beklagte der Delegationsleiter »den Verlust der Wachsamkeit und die moralische Erschlaffung unter den Roten Garden«.

Mit im Rücken gefesselten Händen wurde ich vorn auf die Bühne gestoßen, wo ich mich vor dem Publikum bis zum Boden verneigen mußte. Es war eine klassische Inszenierung. Im Gymnasium hatte ich ein Dutzend solcher Spektakel geleitet, aber es war etwas Neues, jetzt selbst die Rolle des Verdammten einzunehmen.

Das Schild, das an einem dünnen Draht hing, schnitt mir in den Hals. Mein Rücken schmerzte, meine Beine brannten, meine Muskeln rissen, mein Kopf platzte. Während der Rede wollte ich die Reaktionen meiner Genossen beobachten. Wären sie empört oder gleichgültig? Tief in meinem Inneren war ich überzeugt, sie, mit denen ich die Mühe geteilt, den Stürmen standgehalten und ein neues Leben aufgebaut hatte, würden sich gegen die Delegation auflehnen. Unter ihrem Druck würde ich für unschuldig erklärt werden. Aber bei jeder geringsten Bewegung versetzten meine Folterer mir Faustschläge. Ich mußte mich damit abfinden, auf meine Schuhspitzen zu sehen.

Nach ein paar Parolen und Revolutionsgesängen bestieg jemand das Podest, und ich erkannte die Stimme des dicken Zhang. Er begann zu wimmern: Ich hätte begonnen, ihm revisionistische Gedanken einzugeben, indem ich mich über die bäuerlichen Gewohnheiten lustig machte; ich hätte gesagt, man müsse lesen und schreiben können, um nicht zu verblöden; in einem Gewissensakt habe er ein paar Seiten meines Tagebuchs durchblättert und sei schockiert gewesen.

»Für Wen«, erklärte er in so unsicherem Ton, als läse er einen Text ab, »ist die Umerziehung auf dem Lande nur Tarnung, eine Gelegenheit, sich bei den Pionieren einzuschleichen, um dort das Gift seines negativen Denkens zu verbreiten.«

Ihm zufolge hatte ich bei der Ankunft in Meilin Kontakt mit der konterrevolutionären Gruppierung Roter Orient aufgenommen, und wir hatten uns sofort verstanden. Wir hatten ein Erkennungszeichen ausgetauscht, ein Abzeichen mit dem Namen eines Gymnasiums. Mein Auftrag bestand darin, auf dem Land einen Ring von Konterrevolutionären aufzubauen.

Der dicke Zhang wurde vom Röcheln unterbrochen, das aus meiner Kehle drang.

»Lügner! Verbrecher! Du wirst für deine Diffamierung bezahlen …«

Ein Regen von Faustschlägen ging auf mich nieder, und mein Satz wurde abgeschnitten. Jemand löste Zhang ab, und ich erkannte die Stimme von Hui. Sie denunzierte meine Bösartigkeit den Genossen gegenüber. Einmal sei sie schwer krank gewesen, und ich hätte sie gezwungen, trotzdem auf die Felder zu gehen.

»Feigling! Hündin!« Ich stieß Beleidigungen aus, die eine Lawine von Koppelschlägen auslösten. Ich stürzte zu Boden. Doch man zog mich wieder hoch. Li betrat das Podest und sprach vom Scheitern meiner Sabotageakte. Ich hätte Hacken zerbrochen, um meine Genossen von der Arbeit abzuhalten; ich hätte das Unwetter im Juli genutzt, um die Deiche zu öffnen und die Reisfelder zu überschwemmen.

»Verleumdung! Verleumdung!«

Aber meine Proteste gingen in der Parole unter, die der Delegationschef anstimmte, bevor sie von der Menge wiederholt wurde: »Nieder mit dem Konterrevolutionär Wen! Nieder mit dem Verräter der Kulturrevolution! Lang leben die maoistischen Ideen!«

Jemand spuckte mir ins Gesicht und warf mir vor,

das Vertrauen der Studenten, die mich gewählt hatten, mißbraucht zu haben. Er bestätigte, daß ich der Delegation gegenüber feindselig gestimmt war, daß ich infame Lügen über sie verbreitete.

Einer nach dem anderen bestiegen sie das Podest. Ich konnte niemanden mehr beschimpfen, denn um mich zum Schweigen zu bringen, hatte man mir einen Strumpf in den Mund gestopft. Ich merkte, daß die Kleinigkeiten des Alltags als Unterstützung für jedwede Diffamierung dienen konnten. Ich entdeckte den Haß derer, die ich für meine Freunde hielt, die mir gestern noch zugelächelt hatten. Eine letzte Desillusion, die mich härter traf als alle Schläge, zerbrach mich.

Die Stimme des Delegationsleiters schallte aus dem Megaphon: »Genossin Weide, du hattest den Mut, den Konterrevolutionär zu denunzieren, du hast die Stelle aufgezeigt, an der er sein Tagebuch versteckte, ein Beweis, der uns überzeugt hat; hast du dem Publikum nichts zu sagen?«

Mein Blut gefror in den Adern. Ich sammelte meine letzten Kräfte und hob den Kopf. Ich sah Weide in der Menge.

Ich warf ihr einen so haßerfüllten Blick zu, daß mir meine Augen wehtaten. Plötzlich bekam ich einen Koppelschlag auf den Kopf, meine Schläfen begannen zu summen, und ich fiel ohnmächtig zu Boden.

Die Nacht nach dieser Anprangerung war traurig. Ich betrachtete durch das winzige Fenster den Mond. Er war so rund wie ein Gesicht, geheimnisvoll lächelte er mir zu. Was denkst du von mir? Was denkst du von unserer Welt, die du mit deinen Silberstrahlen bedeckst? So losgelöst vom irdischen Leben, das du vom Himmel aus besiehst, erkennst du da eines jeden Bestimmung? Du, der du die Helden von einst gekannt hast, die Dynastien, die Kaiser, die Kurtisanen, die Dichter, und der du noch die Welt bescheinen wirst, wenn wir nicht mehr sind, siehst du schon meine Zukunft?

Doch der schweigende Mond zog weiter und verschwand vom Fenster.

Am nächsten Tag begannen Verhör und Folter von neuem. Müde und verzweifelt weigerte ich mich, meine Verbrechen zu bekennen, und wollte lieber unter den Schlägen sterben. Worauf konnte ich schon hoffen, da doch das Leben nichts als Erniedrigung und Verrat war? Zu meinem Unglück war mein Körper widerstandsfähig. Unter den blauen Flecken, den Wunden, dem Blut klammerte er sich versessen an dieses armselige Leben.

Zur Mittagszeit brachten mich die Delegationsmitglieder zurück in den Tempel. Sie fesselten mich und gingen in die Kantine. Kaum hatten sie mich alleingelassen, als ich leises Schluchzen hörte. Auf meinen vom

Schmerz steif gewordenen Beinen schleppte ich mich bis zum Fenster und fragte, wer da weinte.

»Ich bin es«, antwortete mir Weide.

»Verschwinde! Ich will dich nicht mehr sehen, geh weg. Laß mich in Ruhe.«

»Hör mich an, ich bitte dich! Sie kamen mich fragen, wo du dein Tagebuch verstecktest. Eines Abends hatte ich gesehen, wie du etwas in dem Stamm dieser Trauerweide verbargst ... Ich wollte ihnen nichts sagen ... Aber sie behaupteten, es wäre wichtig, du wärst in ein Komplott von Konterrevolutionären verstrickt. Ich glaubte ihnen nicht. Ich sagte mir, das Tagebuch würde deine Unschuld beweisen ... Wie dumm ich war ...«

»Sei still!« schrie ich mit aller Kraft. Das Vertrauen, das ich in sie gesetzt hatte, die Erinnerung an die wunderbaren Tage, die wir zusammen verbracht hatten, schnürte mir das Herz ein. Tränen drangen aus meinen Augen. Meine Stimme riß:

»Warum kommst du und erzählst mir dieses Netz von Lügen? Sie haben dich geschickt, um mir Geständnisse zu entlocken! Nichts bekommst du, überhaupt nichts! Verschwinde, geh und sag deinen Herren, daß sie selbst die Konterrevolutionäre sind!«

»Verzeih«, schrie sie zurück. »Ich bitte dich, Wen, verzeih mir! Alles ist meine Schuld. Ich sterbe vor Reue!«

Rasend vor Wut, warf ich mich wild gegen die Wand und heulte:

»Du Scheinheilige! Verschwinde! Du bist nicht mehr meine Freundin! Du hast mich verraten! Verschwinde!«

Mein Geheul zog die Mitglieder der Delegation an. Sie öffneten die Tür, knebelten mich. Ich brach auf dem Boden zusammen, erschöpft, machtlos, ohne jeden Rest von Scham, von Würde.

Bei der nächsten Verurteilungssitzung waren weniger Teilnehmer da. Die Bauern waren wieder auf die Felder gegangen, und nur drei Viertel der Studenten waren gekommen. Sie waren weniger erhitzt. Die Anschuldigungen, die sie gegen mich vorbrachten, waren schlaffe Monologe ohne jede Beredsamkeit, und sie verliefen im Sande. Der Delegationsleiter hieb mir einen Faustschlag ins Gesicht, ich begann aus der Nase zu bluten. Doch nicht einmal das Blut erzielte die erwartete Wirkung. Mein Henker und meine Richter waren müde.

Zurück im Tempel, schien mein Schmerz nachzulassen. Ich legte mich unter den Altar wie ein geschlagener Hund. Die Spinnennetze, die Dunkelheit und der Gestank meiner eigenen Notdurft widerten mich nicht mehr an. Zorn und Rachedurst, die seit mehreren Tagen in mir brodelten, waren wie weggeblasen. Schweigen stellte sich ein. Die Flammen der Abenddämmerung verblichen am Horizont. Dunkelheit kam auf. Gewiegt vom unregelmäßigen Schrei der Grillen, schmiegte ich mich in eine Art Wohlgefühl und wollte eben einschlafen, als jemand unter mein Fenster kroch und mich rief. Ich erkannte sie, aber ich antwortete nicht.

»Ich weiß, daß du da bist«, sagte Weide mit matter Stimme. »Aber du willst nicht mehr mit mir reden. Egal ... So wird mir nicht verziehen werden. Ich selbst werde mir niemals verzeihen.«

Ich hörte sie weinen.

»Wen, ich bin gekommen, um dir diese Salbe zu bringen. Sie kann vielleicht die Schmerzen deiner Wunden lindern.«

Etwas schlug gegen die Gitterstäbe am Fenster, fiel in den Tempel, rollte über den Boden. Es verging ein Moment des Schweigens. Ich meinte, sie wäre schon fort, als sie sagte:

»Wen, schläfst du? Wovon träumst du? Gestern bin ich im Bambuswald spazierengegangen. Ich bin bis hinauf zu dem verfallenen Haus gestiegen ...«

Ihr Schluchzen weckte den Wächter. Sie machte sich davon.

Der Mond stieg in mein Fenster, blieb nachdenklich darin stehen, verschwand. Ich betrachtete das Stück Himmel, das er im Vorübergehen erleuchtete. Langsam erlosch es, und Sterne blinkten auf. An jenem

Abend tat ich kein Auge zu. Ich dachte an meine Eltern. Die Einzelheiten eines verrauchten Lebens traten mir mit erschreckender Deutlichkeit ins Gedächtnis: Ich hörte das Geräusch des Gemüses, das im Öl zischt, hörte scheppernde Töpfe, perlendes Lachen, klingelnde Fahrräder unter den Fenstern. Da kamen meine Klassenkameraden. Ich war glücklich, ruhig. Der Abend brach herein und wiegte sein tiefrotes Licht auf den Scheiben. Ja, es war Neujahr! Knallkörper explodierten, Feuerwerk pfiff. Wir machten Teigtaschen. Meine Mutter neben mir duftete nach der Seife mit dem Namen Himmelstempel.

Das Schnaufen des Windes und das Gemurmel des Bambus holte mich in die Wirklichkeit zurück. Ich zitterte. Plötzlich wurden meine Gedanken so klarsichtig, wie sie es noch nie gewesen waren.

Was mir in meinem Stadtleben gefehlt hatte, war der Kontakt mit der Erde. Ich aß Reis, ohne zu wissen, wo er herkam und welchen Schweiß er gekostet hatte. Mein Leben war ein winziges Schloß gewesen, das auf der unsichtbaren Arbeit von Millionen von Menschen erbaut war. Um die Wirklichkeit erfassen zu können, war ich der Kulturrevolution gefolgt, die mich an Kälte, an Hitze, an harter Arbeit hatte leiden lassen, die mich ins Gefängnis gebracht hatte, um meinen Widerstand zu prüfen und meinen Stolz zu brechen. In einem Jahr hatten die Ereignisse den Verlauf meines

Schicksals verändert, das auf dem Weg ins Unbekannte war. Gestern noch Hauptmann der Revolution, heute Gefangener – ungeduldig erwartete ich meine nächste Bestimmung. Morgen – schließlich hatte die Welt mir ihre Tore geöffnet – würde ich meinen Weg fortsetzen. Ich würde weit kommen, sehr weit.

Mein Leben ist eine einsame Reise! Doch mein Gepäck ist schwer von lauter Heimweh!

Ich erhob mich von meinem Lager und nahm die kleine Dose auf, die Weide mir durchs Fenster geworfen hatte. Ich musterte sie seufzend.

Es war der Moment, in dem ich mich von all diesen befreundeten Seelen lösen und mich davonmachen mußte. Allein.

Am Tag nach der Verurteilungssitzung beschloß die Delegation aufzubrechen. Sie nahmen das Opfer ihrer Inquisition mit.

Die Studenten hatten sich versammelt, um mich aus meinem Kerker treten zu sehen. Erhobenen Hauptes, die Hände im Rücken gefesselt, musterte ich ihre Gesichter. Sie sahen zu Boden, um nicht meinem Blick zu begegnen. Ich suchte Weide und fand sie nicht.

Man warf mich auf einen Lastwagen, der lange fuhr, bevor er anhielt. Die Delegationsmitglieder waren ausgestiegen, nur zwei Soldaten bewachten mich. Ich kauerte in meiner Ecke und lauschte beglückt dem Treiben der Stadt.

Der Lastwagen fuhr wieder an. Der Lärm ließ nach. Als der Wagen wieder anhielt, mußte ich aussteigen. Am Rand eines Waldes stieß man mich zu einem Gebäude, das von hohen Mauern mit Stacheldrahtzaun umgeben war. Ich tauschte mein altes Bauerngewand mit seinen Blut- und Eiterflecken gegen eine saubere Häftlingstracht.

Ich hatte sagen hören, daß in der Welt des Gefängnisses die Neuankömmlinge verprügelt wurden, bis Groll und Hochmut aus ihnen herausgeschüttelt waren wie aus einem Kleidungsstück, das man ausklopfte. In meiner Abteilung, in der politische Häftlinge einsaßen – Akademiker, die die Verleumdung zu ermorden beschlossen hatte –, war Folter selten. Nachdem man seinen Namen gegen eine Nummer eingetauscht hatte, wurde man ein Gegenstand, ein Schatten.

Aber der Hunger ist eine wirksamere Qual als Fäuste und Schlagriemen. Eine Schale Wasser und eine halbe Schale Reisspelzen hielten uns am Leben, ewig unbefriedigt.

In meinen Träumen nahmen Nudeln, Fleisch, noch das gewöhnlichste Gemüse lebhafte Farben an, einen heftigen Duft, und beides machte mich verrückt und verschwand, sobald ich die Augen aufschlug. Manchmal, wenn mein Magen brannte, mein Gehirn besessen war, verfolgte ich mit gierigen Blicken die riesigen Wanzen, die durch die Mauerritzen krabbelten. Ich hatte ein tierisches Verlangen danach, in ihr Fleisch zu beißen.

Den ganzen Tag verbrachte ich auf meinem Lager, die Niedergeschlagenheit zerfraß mich. Das Zeitgefühl kam mir abhanden. Meine Gedanken verlangsamten sich, mein Körper trocknete aus. Ich war nur noch ein Stück Holz. Die Erinnerungen an Peking und an den Berg kamen in Brocken, undeutliche Bilder. Allein die Obsession des Essens nahm mein Bewußtsein gefangen, verschaffte mir Tagträume und rief mir meine Menschlichkeit ins Gedächtnis.

Eines Nachmittags kündigte man mir einen Besuch an und führte mich ins Sprechzimmer. Es war ein häßlicher Raum. Gemurmel mischte sich mit ersticktem Weinen. Jeder Häftling saß an einem Tisch, seine Familie gegenüber. Ich erwartete niemanden. Seit meiner Verhaftung war mir der Kontakt mit der Außenwelt verboten. Vielleicht hatte einer der Genossen, mit denen ich von Peking fortgegangen war, meinen Eltern geschrieben, die wahrscheinlich nicht mehr in der 7.-Mai-Schule waren und mich in diesem Kerker ausfindig gemacht hatten. Perplex suchte ich mit den Augen nach einem bekannten Gesicht, als ich Weide entdeckte.

»Wie hast du mich gefunden? Wie bist du aus dem Dorf herausgekommen? Was tust du hier?« Ich überschüttete sie mit Fragen, meine Stimme klang heiser, vorwurfsvoll.

Sie erbleichte und antwortete mir nicht.

Ich sah mich um. In den vier Ecken des Raumes standen wie versteinert bewaffnete Wächter, und niemand beachtete uns.

Plötzlich griff ich ihre Hände und drückte sie mit aller Kraft an mich.

»Weide ...« Meine Stimme erstickte.

Sie lächelte.

Wir blieben so Hand in Hand stehen, ohne ein Wort herauszubringen. Als ich die Wärme ihrer Hände spürte, empfand ich ein großes Glücksgefühl.

Die Wachen begannen die Besucher zu vertreiben und die Häftlinge zurückzuführen. Ich erwachte aus meinen Träumereien und schrie ihr zu: »Weide, ich habe Hunger!«

Tränen drangen aus ihren Augen.

»Sie haben mich durchsucht, bevor ich hereindurfte. Sie haben mir alles weggenommen, was ich dir mitgebracht hatte.«

»Hör zu, an der Gefängnismauer gibt es eine Stelle, an der oben auf der Mauer Gras gewachsen ist. An dieser Stelle kontrollieren die Wachen fast nie. Ich kann beim Hofgang dorthin. Ich bitte dich, Weide, zum ersten und letzten Mal, wirf mir eine Teigtasche über die Mauer oder ein Reisbällchen oder ein paar Nudeln, die du in Zeitungspapier einwickelst.«

Weinend nickte sie.

»Komm mich nicht mehr besuchen. Geh ins Dorf zurück. Vergiß mich!«

Ein Wächter kam auf uns zu. Weide stand lebhaft auf. Sie starrte mich an, als wollte sie mich mit ihrem Blick aus dieser schwarzen Höhle herausreißen und mich ins Licht mitnehmen. Ohne ein Wort ging sie fort.

Der Rest des Tages lag im Dunkeln. Mehrmals streifte mich in meiner Verzweiflung der Gedanke an den Tod.

Als ich am nächsten Tag aufstand, bedauerte ich schon, daß ich Weide meine Laune aufgezwungen hatte. Ich warf mir meinen Egoismus vor. Die Zeit, die in meinem Gefängnisleben gefehlt hatte, kam wieder auf. Sie verging langsam, mühsam. Ich sah Weide vor mir, ihre Kleider, ihr Gesicht, ich hörte ihre sanfte Stimme, die sich vom Rauschen des Bambus abhob. Jede Erinnerung an sie war für mich ein Quell der Freude und der Melancholie. Am Ende des Tages entdeckte ich ganz hinten im Hof ein Päckchen. Ich nutzte einen unaufmerksamen Moment der Wärter, sonderte mich von der Menge der Hofgänger ab und hob es verstohlen auf.

Es waren zwei Teigtaschen. Am Abend teilte ich sie mit den drei Professoren in meiner Zelle. Ich schnitt meinen Anteil in drei kleine Stücke. Die ganze Nacht über kaute ich sie, zog das Vergnügen bis zum letzten Krümel in die Länge.

Am nächsten Tag setzte mir der Hunger um so mehr zu. Zu diesem Schmerz kam die Verzweiflung darüber, daß ich in Ketten und von der Welt vergessen war.

Aber am frühen Abend entdeckte ich am Fuß der Mauer wieder ein Päckchen mit zwei gefüllten Fladen.

Weide hatte soeben meine Tage zur Hölle gemacht.

Wo lebte sie? In meiner Phantasie sah ich sie tags durch Meilin ziehen und abends unter einer Brücke schlafen. Sie hatte kein Geld. Sie bettelte in den Herbergen.

Wie war sie aus dem Dorf entkommen? Hatte sie die vielen hundert Kilometer zu Fuß zurückgelegt? Wurde sie von unseren Genossen gesucht, nachdem sie ihr Verschwinden bemerkt hatten? Gab es in der Stadt Gauner, die ihr nachsetzten? Böswillige Kinder, die sie erniedrigten? Fror sie? Hungerte sie? Wie oft am Tag weinte sie?

Niemals war jemandes Leid so groß wie das meine. Am späten Nachmittag, wenn ich tief bewegt ihre Sendung entdeckte, spürte ich, wie mein Unterleib sich vor Schmerz verkrampfte. Abends stieg stumme Freude aus der Tiefe meiner Seele auf. Ich teilte diese Nahrung mit meinen Zellengenossen, die ihr mit der Begeisterung der Hungernden begegneten. Die ganze Nacht über kaute ich, leckte mir die Lippen, war ich glücklich, stolz, daß mich ein schönes Mädchen versorgte, ein furchtloses Mädchen, das außergewöhnlichste Mädchen der Welt. Manchmal ließ ich meine Träume dahintreiben. Ich sah uns als Eheleute. Sie machte mir gefüllte Nudeln. Ihre Hände waren wieder so weiß und zart wie früher, geschickt gingen sie mit dem Teig um, den sie mit unserer alltäglichen Trunkenheit füllte. Ich sah uns, wie wir Kinder bekamen, wie wir gemeinsam alterten. Die Vorstellung, daß wir sterben würden, ließ mich erzittern. Hundert Jahre! Das Leben ist so kurz für die, die sich nicht trennen können!

Aber am nächsten Tag ergriff mich wieder die Furcht, ich betete zum Himmel, daß sie nicht wiederkommen, daß sie mich vergessen möge. Der Herbst ging auf sein Ende zu, schon nahte der Winter. Das Tageslicht verging wie ein grauer Vorhang, und meine Angst wurde größer. Die Außenwelt schien mir von Ungeheuern bevölkert zu sein: Wie überlebte Weide? Oft kam tagelang nichts von ihr. Verrückt vor Sorge hätte ich aus dem Gefängnis ausbrechen mögen, um zu sehen, ob ihr auch nichts zugestoßen war. Dann flog eines Abends ein Päckchen über die Mauer und bewies mir, daß sie noch am Leben war.

Man ließ sie noch einmal für einen Besuch zu mir. Ihre Kleider rochen, ihre Augen wirkten riesig in ihrem abgemagerten Gesicht. Ich nahm ihre Hände in die meinen, flehte sie an, zu ihren Eltern nach Peking zurückzukehren.

Sie schüttelte den Kopf.

»Warte in Peking auf mich«, rief ich schließlich. Ich erschrak über diese Erklärung und hielt mitten im Satz inne.

Sie lachte.

Seit sie sich selbst überlassen war, war sie härter geworden, sie wirkte kräftiger. Ihre Augen glitzerten von einem frechen, fröhlichen Licht.

Bevor sie ging, legte sie eine Chrysanthemenblüte in meine hohle Hand. Um sie durch die Durchsuchung zu bringen, hatte sie sie in ihrem Haar versteckt.

Am nächsten Abend war ich inmitten der Häftlinge beim Hofgang. Mit gesenktem Haupt träumte ich noch immer von dieser Szene, als ich plötzlich die Stimme eines Wärters hörte: »Wer ist da? Keine Bewegung!«

Brüsk wandte ich den Kopf zur Mauer. Ein Gegenstand flog darüber hinweg, schlug auf dem Hof auf, als Schüsse knallten.

Ich stieß den Wächter fort, der mich festhalten wollte, und stürzte zur Mauer. Alle Häftlinge folgten mir. Im Tumult hörte ich, wie auf der anderen Seite jemand diesen Satz aussprach: »Schaff die Leiche fort. Sie ist tot.«

Wer war Weide? Durch das Dunkel meines Lebens

war sie wie eine Sternschnuppe gezogen. Wohin war sie gegangen? Wie sollte ich sie wiederfinden?

Ich ließ mich zu Boden fallen. Ein Professor aus meiner Zelle hielt mir das offene Päckchen entgegen.

»Ein gebratenes Huhn«, sagte er unter Tränen.

四

Das Telefon hallte durch die Wohnung. Da niemand abhob, klingelte es unbeirrt weiter.

»Ja, Mama«, schrie Ajing, nachdem sie quer durchs Wohnzimmer gelaufen war, in den Hörer.

»Nein, Mama, ich bin schon auf dem Weg. Ich bin am Gehen. Ich fliege nach Hongkong zur internationalen Kosmetikmesse. Da präsentiere ich mein neues Parfum ... Ich rufe Sie morgen früh an.«

Das Telefon zwischen Wange und Schulter geklemmt, ging Ajing zurück in ihr Zimmer. Sie schloß ihren Koffer.

Mama hörte ein bißchen schlecht, und sie störte Ajing mit Vorliebe dann, wenn sie es eilig hatte.

»Mama, ich habe jetzt keine Zeit, mit Ihnen zu reden. Morgen früh! Das stimmt nicht, Mama, ich rufe Sie immer zurück, sobald ich eine ruhige Minute habe.«

»Nein, Mama, ich habe diesen Jungen nicht angerufen. Hören Sie auf, sich unnötig Sorgen zu machen. Stellen Sie mir niemanden mehr vor! Ich bin glücklich allein, und ich habe keinerlei Lust zu heiraten ...«

Mama war schockiert. Ajing nutzte ihr Schweigen und sagte: »Ich gehe los. Ich rufe Sie heute abend an.«

Sie zog ihren Koffer bis zur Wohnungstür und ging ins Wohnzimmer zurück, um das Telefon aufs Ladegerät zurückzustellen. Hinter der großen Fensterfront erhob sich ein Wald von Wolkenkratzern, ein Puzzle von Spiegelungen und Funken. Zwanzig Stockwerke tiefer verwoben sich die Straßen von Peking in einem Nebel, durch den Lichter und Farben schossen.

Gleich einem Soldat vor dem Auszug aufs Schlachtfeld sammelte sie sich einen kurzen Moment und ging zum Ausgang.

Ajing ließ sich ins Taxi fallen. Sie war um zwei Uhr morgens ins Bett gegangen und um sieben aufgestanden, allmählich begann sie an diesem hitzeschweren Sommerabend ihre Müdigkeit zu spüren. Sie kuschelte sich in ihren Sitz und wollte eben ein Nickerchen machen, als ihr Handy klingelte.

»Ja, Zhanghuan, das ist eine sehr gute Neuigkeit.« Ajing konnte sich ein Lächeln nicht verkneifen. Ihre Produkte hatten soeben den Markt von Singapur erobert. »Das hast du gut gemacht. Einverstanden. Er soll den Vertrag vorbereiten und ihn mir ins Hotel faxen. Sag Aurora, sie soll bei mir vorbeischauen. Mein Computer ist kaputt. Sie muß ihn mir unbedingt sofort reparieren. Danke.«

Sie rief noch ein paar ihrer Geschäftspartner an, als ihr zweites Handy piepste.

Wieder lächelte sie, als sie sah, welche Nummer auf dem Bildschirm stand.

»Guten Abend ... Ich? Ich bin völlig erschöpft ... Unser Abend war zu lang. Nein, ich kann nicht. Da bin ich in Hongkong. Ich rufe dich morgen an, um Punkt elf Uhr ...«

Sie hatte diesen jungen Rechtsanwalt, vierundzwanzig und noch in der Ausbildung, in der Kanzlei ihres besten Freundes aufgegabelt. Ajing war vier Jahre älter als er und begegnete ihm mit mütterlicher Zärtlichkeit. Seine Arglosigkeit amüsierte sie. Er lebte in der romantischen Illusion der Studenten, die sie an die gute alte Zeit von früher erinnerte.

Am anderen Ende der Leitung begann er urplötzlich zu schluchzen. Er beschwerte sich, daß er Ajing zu selten sah. Er verdächtigte sie, daß sie einen Liebhaber hatte. Sie fehlte ihm. Er liebte sie.

Ajing hielt das Handy von ihrem Ohr weg. Diese ausführliche Liebeserklärung ging ihr auf die Nerven. Sie verabscheute jeden, der sie zu besitzen meinte. Die Leidenschaft ist ein Spiel, und die Liebe ein seltenes

Wunder. Wie konnte jemand nach drei Wochen in sie verliebt sein? Ajing zweifelte. Nur ein unstetes Herz war ständig verliebt. Außerdem war es eine ihrer Regeln, nie Schwäche zu zeigen, und sie verachtete das Gejammer der Schwächlinge.

Sie tröstete ihren Freier und versprach ihm einen der nächsten Abende, obwohl sie schon wußte, daß sie ihr Wort nicht halten würde.

Wieder klingelte das Telefon. Es war Christopher, ihr Ex. Nein wirklich, Ajings Männer waren wie die Herden von Wolken, alle kamen und gingen gleichzeitig. Chris hatte in der *South China Morning Post* gelesen, daß sie nach Hongkong kam. Er rief sie an, um sie zu einem Dinner einzuladen.

»Tut mir leid«, log sie. »Ich bin schon ausgebucht, bis ich wieder nach Peking zurückmuß. Komm mich auf der Messe besuchen ... Bye.«

Chris stammte aus Hongkong und war in London aufgewachsen, er konnte nicht chinesich schreiben, sprach aber den kantonesischen Dialekt, den Ajing nicht beherrschte. Die beiden Geliebten kommunizierten auf Englisch. Chris versteckte sich hinter einer Fremdsprache und einer europäischen Kultur, er war eine Banane – so nannte man in Asien Leute wie ihn, die außen gelb und innen weiß waren –, und genau das hatte sie fasziniert. Hongkong und er ähnelten sich: nervös, ehrgeizig, komplexbeladen.

Großbritannien hatte ihn die traurige Phantasie und die ernste Narrheit Shakespeares gelehrt, und seine Eltern ihre altehrwürdigen Traditionen.

Chris' Haut roch nach Whisky und Lavendel. Er fuhr einen Porsche. Er liebte es, Geld auszugeben, zu tanzen, zu verführen. Er betrank sich, nahm Drogen. Fremde bezeichnete er als Teufel, die Seinen verachtete er. Ajing hatte sich von der Zweideutigkeit eines Mannes, der zwischen Orient und Okzident zerrissen war, in den Bann schlagen lassen, dann aber war sie eines Morgens aufgewacht und hatte beschlossen, Schluß zu machen.

Das Taxi glitt über die Autobahn. Ajings beide Handys hatten aufgehört zu klingeln, ungewohnte Stille überfiel sie. Bäume zogen vorüber, die Nacht senkte sich über die Stadt.

Das Flugzeug nach Hongkong hob ab und durchstach die Wolken. Zwei Männer, die neben Ajing saßen, diskutierten über die Wirtschaftskrise in Europa. Während sie ihnen zuhörte, betrachtete sie durch das Fenster die Landschaft.

Die Wolken zogen sich hin, so weit das Auge reichte, sie wogten, drängten sich. Ihre Bewegungen hypnotisierten die junge Frau. Plötzlich tauchten aus ihrer Tiefe vier Reiter auf. Sie durchquerten den Raum und blieben ganz nahe neben dem Flugzeug stehen. Sie stiegen vom Pferd. Eine Dame in einem Musselinkleid machte ihnen ein Zeichen. Ajing blieb erstarrt auf ihrem Platz sitzen. Dann merkte sie, wie eine unwiderstehliche Kraft sie anzog.

Sie fand sich auf den Wolken wieder, ihre Füße versanken in einer Schicht bodenlosen Dunsts. Schwindel packte sie, gleich würde sie fallen, als ein junger Mann an ihre Seite sprang, um sie zu stützen. Mit seinem runden Gesicht und den breit geschlitzten Augen war er von befremdlicher Schönheit.

Er brachte Ajing ein weißes Pferd und half ihr in den Sattel. Sie galoppierten über die grenzenlose Wolkenfläche, bis vor ihnen ein Berg aus schwarzer Watte aufragte und den Weg versperrte. Zu Fuß unternahmen sie den Anstieg auf einer riesenhaften Treppe.

Alle hundert Stufen lag eine weitläufige Terrasse mit einer Brüstung vor ihnen, und nach der tausendsten erhob sich ein Palast. Junge Dienerinnen nahmen Ajing in Empfang, öffneten ein großes Portal und führten sie in den Thronsaal. Die Himmelskaiserin hieß die junge Frau willkommen und betraute sie mit der Seidenraupenaufzucht. Dann nahm sie Ajing bei der Hand und führte sie in ihren Garten, wo ihr zu Ehren ein Festmahl gegeben wurde.

Ajing saß zur Linken der Kaiserin, und an ihrer Rechten sah sie den jungen Himmelsbewohner, der sie gestützt hatte. Er hatte nunmehr sein Reiterkostüm abgelegt und trug einen Mantel, auf dem die Sonne und das Meer, die Flüsse und die Sternzeichen aufgestickt waren. Er lächelte Ajing zu, die errötete und den Kopf abwandte, um die Landschaft zu betrachten. In der Ferne erstreckte sich ein See, so weit das Auge reichte; Vögel schwebten darüber und spielten mit den Wellen. Unter den Bäumen saßen die Himmelsgeschöpfe, sie tranken, lachten, verspeisten herrliche Früchte. Purpurn schillernde Blumen fielen von den Zweigen. Kurz bevor sie den Tisch berührten, verwandelten sie sich in Schmetterlinge und flogen davon.

Am nächsten Tag und an den folgenden gingen Ajing und an die zwanzig junge Mädchen die Blätter der Maulbeerbäume pflücken, die ihre Wurzeln in die Wolken schlugen, und verteilten sie an die Seidenraupen. Eines Morgens wurde Ajing von der Kaiserin gerufen. Sie sagte zu ihr: »Ich habe einen Sohn, er ist intelligent, sanft und großmütig. Ihr seid füreinander gemacht.«

Ohne Ajings Antwort abzuwarten, stürzten die Himmelsgeschöpfe des Hofes auf sie zu und beglückwünschten sie. Sie wanden ihre langen Haare zu einem Knoten, gewandeten sie in ein Kleid aus flammenden Wolken, verwandelten den Nebel in einen Schleier, der ihr Gesicht verdeckte, und ließen sie in eine Kutsche steigen, die von vier durchsichtigen geflügelten Drachen gezogen wurde. Die Musik hob an.

Als sie aus der Kutsche stieg, spürte Ajing, wie ihre nackten Füße einen gepflasterten Boden berührten. Jemand nahm sie an der Hand. Sie hörte Flüstern, das Summen der Instrumente, das Rascheln der Flügel, das Knistern der Seidenröcke. Plötzlich verstummte jegliches Geräusch.

Der Unbekannte hielt Ajing an den Fingerspitzen, er führte sie ein Stück weit und ließ sie niedersitzen. Er nahm ihr den Schleier ab. Ajing sah Bäume mit breiten ovalen Blättern, die sie vor der Sonne abschirmten. Der Himmel lag auf ihrem Geäst wie ein großer Vogel. Ihr gegenüber rankten sich buschige Pflanzen über eine Mauer und verströmten den Duft ihrer weißen Blüten. Sie erkannte den jungen Prinzen wieder, der neben ihr saß. Er betrachtete sie. Ajings Glück war so groß, daß sie seufzte: »Alle Träume haben ein Ende, wann ist meiner vorüber?«

Einige Zeit später war Ajing schwanger und gebar ein Ei, aus dem, als es erst gesprungen war, Lichtstrahlen nach außen drangen. Man fand einen Jungen darin. Das Kind trank Honig, der unter den Morgentau gemischt wurde, und wuchs nur langsam: zehnmal langsamer als die Erdenkinder.

Ajing lebte in der himmlischen Glückseligkeit, bis zu dem Tag, an dem sie ihr erstes weißes Haar entdeckte. Da erinnerte sie sich, daß die Zeit ihr Leben verbrannt hatte wie ein Weihrauchstäbchen. Ihre Kräfte nahmen ab, Falten traten allmählich auf ihre Stirn, ihr Rücken beugte sich, ihr Blick trübte sich. Geplagt vom Gespenst einer baldigen Trennung, entsetzt über das Welken des Alters, flüchtete sie sich in die Einsamkeit.

An jenem Tag saß Ajing unter einem Maulbeerbaum, dessen Blüten auf ihr weißes Haar und auf ihr Kleid fielen. Sie drehte langsam das Spinnrad, denn sie spann Seide. Ihr junger Gatte trat hinzu. Er fragte sie traurig, warum sie sich von ihm abwandte. Sie blickte auf. Wie am Tag ihrer ersten Begegnung war sie von seiner Schönheit ergriffen. Tränen füllten ihr die Augen.

Ajing wurde schwächer und konnte schon bald nicht mehr laufen. Eines Morgens lag sie auf dem Bett und rief ihren Sohn, der im Garten spielte. Nach einer langen Weile kam das Kind lachend zu ihr. Er legte ihr einen Kranz aus den Zweigen der Trauerweide in die Hände.

Sie lächelte.

»Bald werde ich auf eine Reise gehen«, sagte sie ihm. »Sei brav und tapfer, gehorche deinem Vater. Wenn du an mich denkst, wenn du traurig bist, dann geh auf dem Regenbogen spazieren. Zu deinen Füßen siehst du dann die weite, fruchtbare Erde, auf der deine Mutter geboren und auf die sie zurückgekehrt ist.«

Das Kind nickte.

»Geh Papa holen, sag ihm, er soll kommen.«

Der Kleine rannte davon.

Sie legte sich wieder hin und wartete. Die Ruhe, die im Palast herrschte, begann sie zu überfluten. Sie füllte ihr Herz an wie eine Quelle. Ajing drückte den Kranz an ihre Brust, seufzte auf und schloß die Augen.

Ajing hörte, daß sie soeben in Hongkong gelandet waren. Sie schlug die Augen auf und sah, wie ihr Nachbar den Sicherheitsgurt öffnete, aufstand und sein Handgepäck aufnahm.

Der Pressereferent holte sie am Flughafen ab. Im Auto zeigte er ihr die Artikel und die Werbeanzeigen, die in den hiesigen Zeitungen erschienen waren. Er nannte ihr die Termine ihrer Interviews, Fernsehauftritte und Galacocktails. Ajing wirkte zerstreut.

Als sie in ihrem Hotelzimmer angekommen war, ließ sie sich ein Bad einlaufen. Sie hatte genau zwanzig Minuten, um zu baden, sich anzuziehen, sich zu schminken, bevor sie die Journalisten empfangen mußte.

Ajing öffnete ihren Koffer.

Zwischen zwei Kleidern fand sie einen welken Kranz aus den Zweigen der Trauerweide.

Anmerkungen

Seite 13 Jia Dao (779–843), Dichter der Tang-Dynastie.

Seite 13 Unter der Ming-Dynastie war der Ort Jingde für seine Porzellanmanufakturen berühmt.

Seite 17 Gedicht von Tao Hongjing (452–536), einem Eremit, der sein Leben der Alchimie und den okkulten Wissenschaften widmete, um Unsterblichkeit zu erlangen.

Seite 17 Zhang Hua (232–330): Dichter der Jin-Dynastie.

Seite 30 Die »Vier Bücher« umfassen *Gespräche des Konfuzius*, *Mengzi*, *Maß und Mitte* und *Große Lehre.*

Seite 32 Unter der Ming-Dynastie unterteilten sich die Staatsbeamten in neun Kategorien. Die scharlachroten, mit Vögeln bestickten Gewänder waren den Mandarinen vom ersten bis vierten Rang vorbehalten, während die Gewänder der Generäle der Armee mit Darstellungen von Raubkatzen bestickt waren.

Seite 38 Jin Yi, die »Garden mit den Brokatkleidern«, ein der Ming-Dynastie (1368–1644) vorbehaltenes Ministerium: Seine Aufgabe war es, über die Sicherheit des Kaisers und des Staates zu wachen. Es war vom Innen- und dem Justizministerium völlig unabhängig.

Seite 108 Der sechste Dalai Lama, Tsangyang Tsomo Gyatso, *Meer des klangvollen Gesangs* (1683–1706).

Seite 114 Chinesisches Längenmaß, ein Li entspricht etwa fünfhundertsechsundsiebzig Metern.

Seite 177 Wang Wei (701–761): Einer der größten Künstler der Tang-Dynastie, berühmt als Maler, Dichter und Musiker. Dieses Abschiedsgedicht wurde in ganz China gesungen.

Seite 177 Westlich des Passes Tor der Sonne liegt das Land der Tataren.

Seite 182 Ein Mu entspricht etwa sechshundertsiebenundsechzig Quadratmetern.

Quellenangaben

Seite 145 Gedicht zitiert nach: Mao Tse-tung: 37 Gedichte. Übersetzt und mit einem politisch-literarischen Essay erläutert von Joachim Schickel. dtv 1967, S. 9 (= Hoffmann und Campe 1965)

Seite 151 Gedicht zitiert nach: Mao Tse-tung: 37 Gedichte. Übersetzt und mit einem politisch-literarischen Essay erläutert von Joachim Schickel. dtv 1967, S. 43 (= Hoffmann und Campe 1965)

SERIE PIPER

Shan Sa

Kaiserin

Roman. Aus dem Französischen von Elsbeth Ranke. 416 Seiten. Serie Piper

Ihr Name wurde geschmäht, ihre Geschichte gefälscht, ihr Gedächtnis gelöscht: »Licht«, das Mädchen, das in der Tang-Dynastie im siebten Jahrhundert zur einzigen Kaiserin von China und mächtigen Herrscherin über ein Weltreich aufsteigt. Dunkel hingegen sind die Machenschaften und Hofprotokolle in der Verbotenen Stadt und grausam die Rache der Männer an der Frau, die es wagte, Kaiserin zu sein. Zum ersten Mal nach dreizehn Jahrhunderten öffnet Shan Sa die Tore der Verbotenen Stadt zur Zeit der »Roten Kaiserin«.

»Eine unglaublich spannende Sittengeschichte aus dem alten China – geschildert von einer hochbegabten jungen Erzählerin mit großem Wissen, voll Kraft und Poesie.«
Asta Scheib

05/2039/01/L

Shan Sa

Die Go-Spielerin

Roman. Aus dem Französischen von Elsbeth Ranke. 256 Seiten. Serie Piper

Virtuos beherrscht die junge Chinesin das Go-Spiel – bis sie dem Zauber eines Mandarin erliegt, der sie zu einem leidenschaftlichen Duell herausfordert. Dabei ahnt die Rebellin nicht, wer ihr Gegner in Wirklichkeit ist: ein Spion der Japaner, die in jenen Jahren die Mandschurei besetzen …
Shan Sa wurde mit ihrem Roman um die tragische Liebe zwischen einer chinesischen Aristokratin und einem japanischen Leutnant zum Liebling der Pariser Literaturszene.

»Shan Sa findet zu einem grandiosen Finale, dessen poetische Macht lange nachklingt.«
Frankfurter Allgemeine Zeitung

05/1840/01/R

SERIE PIPER

Sabrina Capitani

Das Buch der Gifte

Historischer Roman. 400 Seiten.
Serie Piper

Die Schriftstellerin Christine de Pizan setzt sich nach dem Tod ihres geliebten Mannes gegen alle Widerstände durch: gegen die Frauenfeindlichkeit der Kirche, gegen betrügerische Anwälte und gewalttätige Verehrer. Doch als sie den jungen Franziskanermönch Thomas kennen lernt, steht die Liebe zu ihrem verstorbenen Ehemann, dem sie Treue bis über den Tod hinaus geschworen hat, auf dem Prüfstand. Gemeinsam mit Thomas gelingt es ihr, einen rätselhaften Todesfall aufzuklären, der auf verschlungenen Wegen die wahre Vergangenheit des Mönchs offenbart …
Lebendig und mit Einfühlungsvermögen erzählt Sabrina Capitani aus dem Leben der Christine de Pizan (1364–1430), einer der bekanntesten und frühesten Schriftstellerinnen Europas.

05/2053/01/L

Maarten 't Hart

In unnütz toller Wut

Roman. Aus dem Niederländischen von Gregor Seferens. 352 Seiten.
Serie Piper

Die junge Lotte Weeda ist Photographin und will in einer kleinen katholischen Ortschaft die zweihundert markantesten Persönlichkeiten porträtieren. Kaum einer kann der Bitte einer so verblüffend schönen Frau widerstehen. Doch nicht nur Abel, der Graf, soll bald bereuen, ihr eine Zusage gegeben zu haben …
Elegant, leichthändig und unerhört spannend erzählt Maarten 't Hart diese augenzwinkernde Geschichte und zeichnet ein skurriles Porträt der Bewohner, die offensichtlich nicht nur der Liebe, sondern zunehmend dem Wahn verfallen sind.

»Mysterienspiel aus der niederländischen Provinz, ein literarischer Krimi und als solcher einer der besten des Jahres. Doch das Buch ist viel mehr.«
Focus

05/2044/01/R

Dai Sijie

Muo und der Pirol im Käfig

Roman. Aus dem Französischen von Giò Waeckerlin Induni. 400 Seiten. Serie Piper

Nach Jahren im französischen Exil kehrt der scheue Psychoanalytiker Muo zurück ins Reich der Mitte, um seine große Jugendliebe »Vulkan des alten Mondes« aus politischer Gefangenschaft zu befreien. Dafür muß er Richter Di bestechen, der für seine Dienste eine ungewöhnliche Gegenleistung verlangt.
Nach dem überwältigenden Erfolg von »Balzac und die kleine chinesische Schneiderin« Dai Sijies neues Meisterwerk.

»Dai Sijie hat ein wildes, böses Buch geschrieben, das sich heiter und bunt in den Kopf des Lesers einschleicht.«
Die Welt

05/1952/01/L

Dai Sijie

Balzac und die kleine chinesische Schneiderin

Roman. Aus dem Französischen von Giò Waeckerlin Induni. 200 Seiten. Serie Piper

Zwei pfiffige chinesische Studenten, die zur »kulturellen Umerziehung« in ein abgelegenes Bergdorf ans Ende der Welt verschickt wurden, merken bald, daß sie nur eine einzige Möglichkeit haben zu überleben: Sie müssen in den Besitz jenes wunderbaren Lederkoffers gelangen, der die – verbotenen – Meisterwerke der westlichen Weltliteratur enthält. Denn nur mit ihnen können sie den Widrigkeiten ihres Daseins entkommen – und vielleicht am Ende das Herz der Kleinen Schneiderin gewinnen.

»Dies ist die schönste Liebeserklärung des Jahres: an die Literatur, an das Leben, an die Ironie, an eine Frau: Es ist außerdem die frechste, charmanteste Lektion zum Thema Freiheit … Wenn Sie nur einen Roman dieses Jahr lesen wollen, lesen Sie diesen, er wiegt hundert andere auf.«
Le Figaro Magazine

05/1449/01/R